D+

dear+ novel

oujito konekono aisarekko・・・・・・・・・・・・・・・・・・

皇子と仔猫の愛されっこ

華藤えれな

新書館ディアプラス文庫

皇子と仔猫の愛されっこ

contents

illustration : カワイチハル

皇子と仔猫の愛されっこ

OUJITO KONEKONO AISAREKKO

1　エミル――ぼくの名前

この雪山にとり残されたのは、まだ激しく吹雪《ふぶ》いていた午後のことだ。

ここでは雪山でひとりぼっちになるというのは死を意味している。

頭上から降ってくる雪はとてつもなく荒々しい。

半分凍った雪がつららのように皮膚にぶつかってくるのを感じながら、ボロボロの布にくるまれたまま、ぼんやりとした目で谷底から薄暗い空を見あげていた。

手袋も長靴もやぶれ、すきまから見える指先は真っ赤になっている。もう何の感覚もない。それに息をするたび、吹雪が喉《のど》の奥に入りこんできて苦しい。

――ぼくを置いていったサーカスのひとたち、ちゃんとこの雪山を降りられただろうか。

村から村へ。街から街へ。十一歳のときからずっと旅のサーカスの下働きをしていた。名前はない。年もよくわからない。でももう子どもという年齢ではないらしい。たぶん十七歳くらいのはず。

サーカスでは火の輪くぐりのほかに、荷物運びをする二頭のロバと卵を産んでくれるアヒルの世話もしていたのでロバ3号やアヒルの子どもくんと呼ばれていた。

だけどそう呼ぶのは親方やそのまわりのえらいひとたちだけで、ほかの団員たちからは「醜《みにく》いおバカ」「汚い化け物」と呼ばれていた。

どれかひとつにしてくれたらいいのに、そのほうがわかりやすいのに。

そう思っていたけれど、なにか話そうとしても喉が詰まったようになってうまく話せない。

そのたび「うざい」「うるさい」「邪魔だ」と言って殴られるだけだった。

だからいつのまにか言葉を口にしない子どもになっていた。それからもう何年も言葉というものを口にしたことはない。

――ぼく……このまま死ぬのかな。何だかとってもふわふわしているな。

風が吹くたび、バサバサと音を立てて、新しい雪とともに木の枝から凍った雪が落ちてきて体の上をおおっていく。そんななか、うっすらとまぼろしのように最後に聞いた親方たちの言葉が頭のなかでひびいていた。

『こいつはもうダメだな、すごい熱だ。悪い疫病《えきびょう》にでもかかっちまったのかもな』

そう言ったのは、芸人一座をしきっている親方だった。彼が話している相手はピエロ役のおじさんときれいな顔をした親方の奥さんだ。

『置いていくんですかい、瀕死《ひんし》とはいえ、まだ息があるのに』

ピエロのおじさんが問いかけている。

『時間の問題だ。すぐに息をひきとる』

『ちょうどいいわ、谷底に捨てていきましょう。このまま生き延びたところで、この見た目よ、まともな人生なんてないわ。アヒルの子どもくんは天国にいったほうが幸せよ』

ブランコ乗りとして大人気の奥さんはふわふわの赤い髪が魅力的で、とても綺麗だけど、サーカスでは一番冷たいひとだ。

天国……。どこかの教会のイコンに描かれていたアレだ。

ベビーブルーの空、金色の雲、天国というのはやさしい顔をした神さまや聖母さまがいて、かわいい天使さんもたのしそうに空を飛んでいて、きれいなお花やおいしい果物がたくさんあるところだ。

『もう行きましょう。本格的な冬がくるまえにもっとちゃんとしたところに落ち着かないといけないんだし。谷底に落としておけば森の狼《おおかみ》や熊があとかたもなく綺麗にかたづけてくれるわよ。まだ冬になったばかりだし、何頭かの冬眠前の熊がお腹をすかせて、山をうろついてるって街の人が言ってたわ』

奥さんがせかすように言う。寒くて歯が噛みあっていないような話し方だ。

『わかった、ここに置いていこう。もう暗くなる。この大雪だ。一刻も早く次の村に急がなければ、我々だって命があやうい。こんなやつのために、これ以上、時間は割《さ》けない』

最後に親方の低い声が鼓膜《こまく》にふれたかと思うと、腕をもちあげられ、そのまま谷底めがけて崖《がけ》のうえからポンとほうり投げられた。

どさっと雪の斜面に体が落ちる。

うっ……とうめく気力もない。視界が大きく揺れたかと思うと、ころころと体がすべり落ちていく。やがて谷底まで落下すると、新しい雪がぱぁっと花びらのように舞いあがり、ミルキー・ホワイトの空が目の前をおおう。

上のほうでサーカスの一行が遠ざかっていくのがわかった。シャンシャンというロバにつけた鈴の音や雪道を進んでいく荷馬車の音。

その音が消えたあとは、ただしんしんと降る雪の音しか聞こえない。さっきまでの風はやんだらしい。そのおかげで少しだけ呼吸が楽になった。

けれど楽になったのは一瞬だった。どんどん自分の上に雪が積もり、体が凍ったように固まっていくのがわかる。きっとこのまま雪のなかに埋《う》もれていくのだろうと思った。こうして眠ってしまったらとても楽な気がした。

——そのほうがいい、ぼくが消えたとしてもだれも哀しまないんだし。

行方がわからなくてもさがしてくれる人間はひとりもいない。どこで生まれて、どんな両親なのかもわからない。

今はイエス・キリストが誕生してから千四百年くらい、マホメットが誕生して九百年くらい経った時代で、十五世紀らしい。

それにしてもとても静かだ。今まで生きてきてこんなにシンとした場所にいるのは初めてかもしれない。

楽にはなりたいけど、さみしい。いっそ殺してくれたらよかったのに。こんなところでひとりぼっちで天国にいくのはとても心ぼそい。そう思った。

――変だな、さみしいなんて。

これまでもずっとひとりぼっちだったのに、どうして今、それが無性につらいのだろう。

いつも一緒にいたロバの夫婦に会いたい。ちょっと気まぐれだけど、寒いときはよく体をすりよせてあたためてくれた。

虎さんも仲良しだった。ショーでは彼が火の輪をくぐったあと、同じようにそこをとびこえていた。よくやけどをしたので、そのたび、傷口を舐《な》めてくれるのが嬉しかった。

それから玉乗りが得意でおちゃめな熊さんと、ちょっとずる賢《がしこ》いけど、こっそり盗んだお菓子をたまにわけてくれたおサルさん。

彼らとだけはきちんと話をすることができた。人間の言葉じゃなくて彼らの鳴き声を真似するだけだったからだけれど、言いたいことはちゃんと動物たちには伝わった。

反対に動物たちの心も、手で触れると理解できた。

ちょっとでいいから、彼らがそばにいてくれたら安心して天国にいけたのに。

そう思うと胸がキリキリと痛み、目や鼻の奥がツンと痛くなってきた。寒さのせいで何の感覚もないのに、自分が泣きたいのだと気づいた。

——だめだめだ、あのこたちは元気なんだから、ちゃんと雪山から降りないとだめなんだ。ぼくとこんなところにいたら、あのこたちも死んでしまう。

だからぼくはひとりで天国にいかなければ……と思ったとき、狼の遠吠えが聞こえた。

うおおおん、うおおおん。

音と音とがかさなって、大きな輪のようにこだまとなってひびいていく。

声につられて見あげると、薄暗くなった空の下、崖のうえからこちらをうかがっている数頭の狼のシルエットが見えた。

巨大な狼だ。このあたりの森には、狼や熊やコウモリや毒蛇《どくへび》や大鷹《おおたか》といった、人間がおそれている野生動物がたくさんいるらしい。

狼たちは目と目を合わせ、やがて一頭、二頭と、優雅に崖を駆け降りてきた。

すごくかっこいいオスだ。凛々《りり》しい顔つき、ふさふさとした毛並み。そしてしなやかな動きがとてもすてきだと思った。

やがて数頭の狼たちが自分の周りをとりかこみ、なにか話しあっているように見えた。

——そうか、きっとぼくを食べようと相談しているのだ。

そう思うと、思わず笑顔になってしまいそうになった。

体のほとんどを雪におおわれ、もう皮膚は凍ったようにカチカチになって痺《しび》れて動かないのに、狼が食べてくれるのだと思うと胸の奥は甘く揺れた。

これでようやく死ねるのだ。たたかれることもない。お腹が空《す》くこともない。

うおおん、うおおん、うおおおん。

体の周りをぐるぐるとまわりながら、狼たちはさらに仲間を呼ぶように遠吠えをあげた。

きっともっとたくさんの狼がいるのだろう。

自分のような小さなからだで、ちゃんと仲間全員の食糧として足りるのだろうか。やせていて、骨と皮ばかりなのであまりおいしくないと思う。

でも今は冬のはじまりで、これから本格的に食糧が少ない季節になるのだからこんな貧相な体でも少しは役に立つのかもしれない。

横たわったまま、じっと狼たちを見ているうちに、みゃあ、と鳴き声をあげて今度は猫が近づいてきた。狼のあいだから現れた猫が肩のあたりにすりより、みゃあみゃあと鳴きながら、ざらりとした舌先でほおを舐めはじめた。

起きて、眠ったらダメだよ、せっかく会えたのに、ずっと会いたかったのに……と猫がささやいている気がする。あたたかな猫の舌先の感触が心地いい。トントン、トントンと必死に肩を叩いて起こそうとしてくれているのがわかる。

けれどもうだめだ、これ以上、起きているのは無理だ、ありがと、でもごめん……と心でいろんなことを考えていたとき、今度は馬のいななきのような鳴き声が聞こえてきた。

狼がさっと道をあける。そのむこうからなにかが雪を踏みしめている音がした。

「……っ」

目をうっすらひらくと、狼たちのあいだに長身の男のひとが立っていた。若い男だ。雪あかりが彼を照らしている。

トルコ風の白いターバンをしている。ということは、サーカスがこれまで興業をしていたエディルネという街――そのオスマン帝国の人間だろう。

黒い瞳、黒い髪、マントのような白っぽい毛皮の下にはすみれ色の上等そうな服、膝までのブーツ。狼たちが彼に従っているように見える。人間らしさを感じさせない、彫像《ちょうぞう》のようなひんやりとした空気がにじんでいた。

「……生きているのか」

低い声が響く。黒い手袋をとると、彼はこちらのすぐそばに膝をつき、こめかみに手を近づけてきた。そっと積もっていた雪をはらっていく。彼の飼い猫なのだろうか、さっきの猫がゴロゴロと喉の音を立ててその肩に飛び乗っていった。

ひたいの雪をとりのぞいてくれる指先がとてもあたたかい。その指がすぅっとまなじりに触れるのがわかった。

「涙が凍っている」

涙？　凍ってる？

「かわいそうに、こんなに。つらくて泣いていたのか？」

　えっ？　どうしてぼくが泣かないといけないの？　と訊きたかったが、寒さのあまり口元も凍ったようになってほんの少し唇をふるわせることしかできない。

「名前は？」

　さっきよりも少しだけ大きな声で問いかけられる。

　名前は？　そんなもの、ない。ロバ3号、アヒルの子どもくんと呼ばれていたけれど、それは名前ではない。そう答えたいのだが、口をうごかすだけの力は残っていない。

　そのとき、彼の後ろから同じようにターバンを頭に巻いた黒っぽい服装の男性が現れた。少し年上だろうか。

「ルドヴィクさま、こんなところにいらしたのですか。早くもどってください、逃亡したと思われますよ」

　後ろの男性がそう話しかけると、彼がふりかえる。ルドヴィクさま――それがターバンの男性の名前だろう。

「イルハン、生きている。放ってはおけない、連れていこう」

　あとからきたひとはイルハンというらしい。

「早く隊列のいる城にもどってください。もう死んでいますよ。あちこちの村で疫病がはやっているみたいです。その子もそうかもしれません。感染したら大変です」

「疫病ではない。それに死んでもいない、ただ弱っているだけだ」

「ですが、時間の問題でしょう」

「まだ生きている。それに、この子は……例のやけどの少年だぞ」

「ああ、サーカスの」

「そうだ、サーカスにやけどの少年らしき者がいると言っていたな？」

「ええ、噂を聞き、たしかめようとしたのですが、もう出発したあとで」

「そのサーカスに捨てられたのだろう。七年前にパムパムを助けてくれた少年だ……」

話していることの意味がわからない。七年前に会ったことがあるの？

パムパム？　そんなひと、知らない。これまでだれも助けたことはないはずなので、べつのひととかんちがいしているのかもしれない。この顔の左半分にやけどのあとがあるのもサーカスにいたのも事実だけど。

「もう一度会いたいと思っていた。よかった、狼たちが居場所をさがしてくれて」

ルドヴィクという名の男性は毛皮の上着を脱ぐと、体をすっぽりとくるんで抱きあげてくれた。すごい、それだけでこれまで感じていた冷たくて痛い空気がどこかに消えた気がする。

「ルドヴィクさま、まさか」

「連れていく」

「ちょっと待ってください、なにを」

イルハンという従者の声が動揺している。

「問題になりますよ、このようなものをお連れになって。ご自分の立場をおわかりですか」

「わかっている。私の従者ということにすれば」

「いけません、あなたさまはご自由に使用人をえらべる立場ではありません」

いさめるような従者の言葉に、ルドヴィクという彼がふっと笑う。

「彼なら大丈夫だ、この姿を見て、だれが危険人物だと思う？」

意味がわからないけれど、彼らはどういう立場のひとなのだろう。

「どうしてそこまで。あなたさまご自身も危険なのに」

そのとき、崖の上から地響きのようなものが聞こえた。大勢の軍勢だ。狼たちがさっと蜘蛛《くも》の子を散らしたようにその場から姿を消す。

「ルドヴィク皇子がいたぞ！」

上のほうから低い声がひびく。

「見つかってしまいましたよ、どうされるのですか」

「逃亡したのではない、猫と従者が行方不明になったので助けにきただけだと伝えにいけ。その証拠に私が父からもらった王家の紋章をきざんだ剣や宝石は城においたままだ」

「わかりました。一応、将軍にはそう伝えますが……その後のことはご自身できちんと言い訳してくださいよ。では、猫をおあずかりします」

伸ばされた腕に、ルドヴィクという男性が猫をあずける。

「わかった。たのんだぞ、イルハン」

イルハンという男性が馬に乗って崖につながる坂道をのぼっていく。頭上からはしんしんと雪が降っている。

せっかくこのまま狼に食べられて死ねると思ったのに。毛皮にくるまれているうちに少し元気をとりもどしたのもあり、これまでほとんど口にしたことのない人間の言葉をがんばって発してみた。

「……いい、ぼく……ここにいる」

声をふりしぼって、蚊《か》の鳴くような声で伝える。ちゃんとひとの言葉を口にできた。

「死ぬぞ」

「うん……嬉しい」

「嬉しい……だと？」

「死にたいから……狼に……食べてもらうんだ」

震えながら返事をすると、ルドヴィクは深く息をつき、静かに尋ねてきた。

「そんなに死にたいか？」

その問いかけに、こくりとうなずく。

「ぼく……楽……楽になりたいから」

こちらの返事にルドヴィクは冷ややかに微笑した。なぜかとても意地悪そうに。けれど悪意は感じられない。

「このまま死なせてもやってもいいが、さてどうしようか」

彼は間近でじっと見つめてきた。とても綺麗な目だ。近くで見ると、黒ではない。青色だ。深い深い海の色。この色の目に見おぼえがある、と思った。

ずっとむかし、どこかで会った。でももう意識がもうろうとしてちゃんと考えられない。彼によりかかったまま、意識が遠ざかっていくのを感じていた。

「教えてほしい、生と死、どちらが楽なのか。だから連れていく」

ルドヴィクはそう言ってゆっくりと歩き始めた。

生と死のどちらが楽か？　だから連れていく？　その意味がわからないまま、問いかけることもできず意識を手放していた。


「熱がある。安静にしていろ。あたたまって」

低く静かな声が耳に落ちてきた。

ここはどこだろう。建物のなかにいるのはわかる。雪でも地面でもない。藁《わら》でもない。ふわふわとした毛皮に横たわっている。

けれどさっきとは違う寒さに体が震えていた。激しい頭痛に耳鳴りがとまらない。喉の痛み、高熱、雪の谷に少しずつ体が侵食《しんしょく》されていくような感覚から抜けだせない。

「もっと火を。そう、薪《まき》をくべて」

低い男の声。「はい」と女性の声が聞こえてくる。

「それでいい、もう下がって」

そんな会話と同時にぱちぱちと燃えさかる薪の音が聞こえてくる。

けれど冷静に考えるだけの余裕はない。全身が凍りついたように冷たくなり、体中のあちこちが圧倒的な強い力でぺしゃんこに押しつぶされてしまったような痛みを感じていた。

息をするたび、雪が喉の奥に入りこんでくる気がして苦しい。もう雪も風もないのに、まだ雪風が喉から入ってきていたときの感覚が抜けようとしない。

「さあ、少しでも栄養をとるんだ」

だれかが体を抱き起こして、スプーンですくったスープを飲ませてくれる。

あたたかくてとてもおいしい。なんだろう、この味。こんなにおいしいものを食べたのは初めてだ。

「……ん……」

コクっと飲むと、「よかった、もっと飲むんだ」とだれかがまたスプーンに入れたスープを口元に運んでくる。

唇から口内へと溶ける味に幸せな気持ちになっていく。これはホクホクのレンズ豆とビーツの濃厚なスープだ。こくりとまた喉の奥に流しこむと、ふわふわと心地のいいあたたかさが体のすみずみへ溶けていく。

ああ、こんなおいしいものがこの世界にあったなんて。

「……も……っ」

もっとほしい……そう言いかけ、やめた。そして顔をそむけた。

死にたいと思っていたのに。もっとほしい、もっと食べたいと思ってしまう。こんなに食べたら死ねなくなってしまう。

「どうした、もういらないのか」

「……死ねなく……なる……」

するとふっと耳元で笑う声が聞こえた。

「だめだ、生きろ」

生きるほうがつらいのに？　心の声が聞こえたかのようにだれかが耳元でささやく。

「私もだ、私も……いや、何でもない。とにかく今は生きろ」

そう言って無理やり口のなかにスープを流しこまれる。

「ん……っ……っ」

いやだ、飲みたくない。死ねなくなるから飲みたくない。それなのにあまりにおいしくて、

あまりにもあたたかくてもっともっとと求めてしまう。

「そう、それでいい、もっと飲むんだ。そして眠るんだ。私のために」

あなたのため？　どうして？　理由を訊きたかった。

「そして教えてくれ。生きるほうがいいか死ぬほうがいいか……答えを」

だれの声なのかわからない、けれど、たしかめる余裕はなかった。まだ熱で意識はもうろうとしている。それにおなかがいっぱいになったせいか、体があたたまったせいか、どうしようもないほどの睡魔がおそってきた。

ほんのりと香る柑橘系《かんきつけい》の香り。おいしくて幸せなあたたかさ。そんなものを感じながら、すっと意識が闇の底に落ちていくのに身をまかせた。


それからどのくらい眠っていただろうか。どこからともなく話し声がぼんやりと響いている。

――ぼく、サーカスにもどったのかな。

雪の谷にいたことが現実だったのか夢だったのかさえ曖昧《あいまい》だ。

そう思いながら、うっすらと目を開けると、真っ赤な薪の火が見えた。

だめだ、こんなところにいたら。薪のそばにいったら叱られる。ムチでたたかれる。薪のそばに座れるのは、親方とそのまわりのサーカスの偉い人たちだけ。

ぼくはロバと同じ小屋で眠らないといけないのに。小屋に移動しなければ……と思うのに体が動かない。横たわったままあたりを見まわすしかない。

ここはどこだろう。石造りのしっかりとした建物のなかにいる。

窓は木戸で閉じられている。明かりはないけれど、部屋の壁の暖炉《だんろ》のおかげで、うっすらと視界は保たれている。暖炉から少し離れた場所に置かれた寝台のやわらかな毛布の上に横たわっているらしい。しかもふわふわの毛皮にくるまれている。

部屋の奥にだれかがいるようだ。燭台《しょくだい》のそばにいる。ゆらゆらと焔《ほのお》が揺れるごとにそこにいるだれかの影も揺らめいていた。

あれはだれだろう？　どうしてぼくはこんなところにいるのか。

そんなことを考えているうちに少しずついろんなことを思いだし、これが夢ではないのがわかってはっと目を見ひらいた。

そうだ、熱病になって雪の谷に捨てられて、そこに狼があらわれて、食べてもらえるのだと喜んでいたとき、ルドヴィクさまという名前のトルコ系の男性があらわれた。従者が「皇子」と呼んでいたけれど、そのひとに抱きあげられたのだ。

『生と死、どちらが楽なのか』

そう耳元で聞こえてきた気がするけれど、そのまま意識を失ってしまって……。

「気がついたのか」

低い声がひびき、ドクっと鼓動が大きく脈打った。

雪山で助けてくれたルドヴィクという男だった。

白いターバンのすきまから落ちるさらりとした黒髪、紫と黒で統一した膝丈《ひざたけ》の長衣《ちょうい》を黒い革製の腰帯《こしおび》でとめ、上等そうな黒い革長靴をはいている。

彼はそっとこちらにちかづき、手のひらをひたいにあて「熱は引いたようだな」とつぶやいた。

「もう大丈夫だろう。薬が効いたようだ」

「くすり……？」

「ああ」

「……あ……あの……」

「どうして助けたのか知りたいのか？」

こくりとうなずく。

「死にたがっていたからだ」

どうして……と、心で問いかけると、すっとルドヴィクが視線をずらす。

「理由は自分でかんがえろ」

冷たくそう言うと、ルドヴィクは手にしていた飲み物を口にした。

こうして見ると、とても綺麗な顔をしている。かすかに冷笑を浮かべたような顔つきですら完璧なまでに美しい。それにしなやかな獣のようなふんいきだ。

「病気になったので、サーカスに捨てられたのか？」

「あ……うん」

「どんな仕事をしていた？」

「え……えっと……えっと……」

ひとの言葉を話すのはとてもむずかしい。うまく声がでなくて、叩かれたらどうしよう。ドキドキしながらそれでもがんばって言葉を出した。

「ロロロ、ロバさんの……ここ……こところを」

「ロバのこと？」

ものすごく困惑したような顔をされ、ルドヴィクが眉間《みけん》に深々としわをきざむ。いつもの癖もあり、とっさに殴られると思って身をちぢめた。

けれど彼はそんなことはなく、逆にこちらの言葉を補足してくれた。

「ロバの世話をしていたのか？」

殴られない。叱られない。そのことにホッとして「うん」とうなずいた。

「それだけ？　サーカスに出ているのを見たといううわさも聞いたが、ほかには？」

「えっとえええっと……えええええっと……とととと、虎さんと」

「虎と？」

どんなにゆっくりでも、どんなにたどたどしくてもこのひとはぼくを怒ったり殴ったりしないようだ。そう気づき、心の底から安心すると、どうしたのか、さっきまでよりも少しだけつまらずに言葉が出てきた。

「火、火の輪のなかに飛びこむの。虎さんと一緒にポーンって」

口から言葉がきちんと出てくる。こんなことは初めてだ。とても気持ちがいいと感じた。

「きみが？　危険じゃないか」

「でも……ぼく……いっぱい火傷《やけど》しているから、もっと火傷しても大丈夫だって」

するとルドヴィクは少しうつむいてなにか真剣そうに考えこんだような顔をしたあと、別の質問をしてきた。

「年は？」

「多分……十七くらい」

「修道院にいたそうだが、初めから孤児だったのか？」

「あ……うん」

「ロバ3号とかアヒルの子どもと呼ばれていたと言っていたが……どう呼べばいい？」

「それでいいよ。あ……あと醜いおバカとか汚い化け物野郎って呼ばれていた。羊くんもあった。どれでもいいよ」

「どれでもって……それが好きなのか？」

ううんと首を左右にふった。

「嫌いなのか？」

もう一度、首を左右にふる。そして言った。

「好きでも嫌いでもない、どうでもいいということか」

「んとね……もうなんでもいいの。ぼく……雪のなかで死にたいの」

「まだ変わらないのか？」

「うん、ぼく……醜くてバカだから、生きていてもつらいだけだって、奥さんが言ってた。ぼくもつらいのも苦しいのもしんどいから、生きていたくないの。天国にいきたい。雪のなかで狼さんのご飯になろうって」

「奥さんというのは、サーカスの親方の奥さんか？」

「うん、親方もそう言ってた。ピエロのひとも。天国にいったほうが楽になって幸せだって。だから、ぼく、死にたいの」

「なるほど。そうか、そういうことか、死にたがりくん」

「死にたがり？　ぼくの名前にするの？」

「いや、それも悪くないが……ロバ3号もアヒルの子どもくんも羊くんもそれ以外も、きみにはちっとも合っていない。私がきみに合った名前をつけよう」

ぼくにあった名前？　ぼくにあうってどういうことだろう。と小首をかしげていると、ルドヴィクは口元に笑みを浮かべた。

「エミル……」

「……？」

「私がもらうはずだった名前だが……どうだ」

どうだと言われても……よくわからない。いきなりそんなものをもらっても。

「エミルがいい。多分、私よりもきみに合ってる」

ちょっと自慢そうに言われたけれど、どう答えていいのかわからなくてぼくはさらに首を大きくかしげた。

「私の国の言葉で、まっすぐ生きる人間という意味だ。とても神聖な意味だ。正義感にあふれ、一途《いちず》に、まっすぐ前を向いて生きる。未来への希望という祈りのようなものだ」

「いいの？」

そんなにいいものをもらっていいのかびっくりして尋ねていた。

「もちろん。きみのことをエミルと呼んでいいか？」

「でもでも、ぼく……神聖じゃないよ、醜くて汚くてバカだよ」

「だけど名前がないんだろう？」

「うん……そうだけど」

「それに醜いとかバカとか、人間をそんなことで判断するのは好きじゃない」

「そうなの？」

「少なくとも私は。とにかく、どうせならいい名前にしたほうがいい。名前というのは、大切なものだ。そうなってほしいと願ってつけるもの」

「じゃあ、そうなれるかもしれないの？」

神聖……ありえない。

「そうなるかどうかはきみ次第だ。夢という意味も、未来をどう築いていくのかも。そして私がどうしてきみを助けたのかも……そうだな、全部答えを見つけたら教えてくれ」

エミル……これがぼくの名前。不思議な気がした。

「どうやって答えを見つけるの？」

「それはきみが考えるんだ」

どうして考えないといけないんだろう。

「答えがわかったら教えてくれ。何年かかってもいい」

「何年かかってもって、ずっとずっと答えがあとになってもいいの？」

「ああ」

「でもそれだとずっとそばにいないと答えがわかったとき、伝えられないよ」

「きみはどうだ、私のそばにいたいか？」

「いてもいいの？」

大きく目を見ひらき、問いかける。胸がドキドキしてきた。なんだろう、どうしてなのかわからないけれど、甘く痺れるようなドキドキを感じる。

「きみがいたければ。ただし、私は自由の身ではない。これから近くの国に人質としてむかうところだ。所用で一時帰国しただけで、もどるといったほうがただしいのだが。七年前からずっと……」

人質？　七年前から？　そういえば、街で大きな行事があった。皇帝が危篤《きとく》になったけど助かったとかで。

「従者と使用人を何人か連れていく。きみもそこに加えよう。自由はないし、衣食住くらいしか保証はできないが」

「いいの？　一緒に行っても」

「ああ、猫の世話をしてくれる使用人をさがしていた」

「得意だよ、大きい猫の虎さんとも仲良しで、一緒にポーンて火の輪をくぐってたから」

ロバの世話も好きだけど、猫の世話もしてみたい。

「そんなに大きな猫じゃない、きみにたのみたいのはパムパムという小さな猫だ」

そういえば、意識を失う前、パムパムがどうのと話をしていたのを思いだした。人間だと思ったけれど、猫の名前だったのか。

「白い猫だ。片方の目が翡翠《ひすい》で、片方の目が琥珀色《こはくいろ》なんだ」

「知ってる。その猫、ぼく……むかし、見たことがあるよ」

そうだ、奴隷市に売られたとき、仔猫が水路に落ちて流れされているのを見つけ、あわてて飛びこんで助けたのだ。

ああ、だからあのとき、『パムパムを助けた』と言っていたのか。ではこのひとは、あの猫の飼い主だったひとだ。たしか皇子さまだったというのをうっすらとおぼえている。

「あのときの……皇子さま?」

猫を助けてくれたお礼だと言って、奴隷市から救いだしてくれたひとだ。

「ずっときみのことが気になっていたんだ、私の猫を助けてくれた少年のことを」

ルドヴィクは目をほそめて微笑した。

「あのときの猫、ここにいるの?」

「ああ、隣の部屋で眠ってる。会いたいか?」

「会いたい、パムパムちゃんに会いたい」

思わずうれしくなって笑った。水路の水はとっても冷たかったけれど、その猫が生きていたので幸せな気持ちになったのだ。

「死ぬのとパムパムの世話とどっちがいい?」

「パムパムちゃんの世話がしたい」

「では、明日からパムパムの食事、ブラッシング、爪の手入れがきみの仕事だ」

「うん、ぼく、やる、パムパムちゃんのお世話する」

「それでは、今から連れてこよう」

ルドヴィクはそう言うと立ち上がり、いったん部屋から出たあと、ふわふわとした毛のまっしろな猫を連れてきた。

「私の大切な家族、パムパムだ、たのんだぞ」

白い猫が眠っている。ルドヴィクは暖炉のまえにクッションをしき、そこに眠ったままのパムパムを置いた。

「この子、とっても小さい。でもあのときよりも大きくなったね」

そっと手で触れると、みゃあ、と小さな口を開けて彼が話しかけてきた。

「あっ、雪山でぼくを起こしてくれた子だね。そうか……そうだったんだ」

ずっと会いたかったとささやき、トントン、トントンと肩を叩いていた猫。

意識がはっきりしなかったので、あのときはよくわからなかったけれど、七年前に水路で助けた猫だったのか。

「ありがと……起こしてくれて……」

胸の奥から熱いものがこみあげてくる。こんな気持ちは初めてだ。

「すごいね、ガリガリだったのにこんなに育って」

「ああ、猫としてはかなり小さなほうだが、年齢はもう立派な成猫《せいびょう》になる。だが、甘えん坊でとても愛らしいぞ」

「ぼく、いっぱいいっぱいお世話するね」

そう言うとパムパムはふわっと目を開け、じっとこちらを見つめてきた。

くりくりとした大きな目。あのときと同じ、甘い琥珀ときれいな翡翠の色をしている。

ぐるぐるとパムパムは喉を鳴らした。

「みゃおん、みゃおん……ぼくのこと、おぼえてくれてたんだね」

同じような鳴き声をだしたあと、人間の言葉も使って問いかけ、パムパムの背中にふれると、みゃおんみゃおんと彼が答えた。

よかったよかった、冷たい水路で助けてくれたよね、ありがとう、パムパムはきみにずっと会いたかったよ、あんなところで死んだらだめじゃないか、水路よりずっと冷たかったよ……と言っている言葉がふれた手の向こうから聞こえてきた。

「うん、水路よりずっと冷たかった。ありがと、気づいてくれて。それからありがとう、ずっとおぼえていてくれて」

思わず笑顔を見せると、ルドヴィクはとても不思議そうに問いかけてきた。

「動物の言葉がわかるのか?」

「うん、ふれたら、聞こえてくるよ。ルドヴィクさまはわからないの?」

そういえば、サーカスのひともだれも動物の言葉がわからないようだった。そんな話をしたことはないけど、動物たちがそう話していた。虎さんも熊さんも『あいつら、心根《こころね》が腐《くさ》っているから動物としゃべれないんだ』と言っていたけれど、心根が腐るという意味が自分にはよくわからなかった。

「どんな動物でもわかるのか?」

「うん、触らないとダメだけどね。小鳥も魚も蠍《さそり》も蛇も、お話したことがあるよ」

「信じられない……そんなことができるなんて」

とても驚いた顔でルドヴィクがぼくを見つめる。

「では、人間の心の声は?」

「ううん。人間の悪意は何となくわかるけど……ちゃんと話ができるのは動物だけ。みんなはちがうの?　みんなは人間の声が聞こえるの?」

「いや、ふつうの人間は、動物の声も人間の声も、心のなかの声は聞こえない」

「えっ、そうなの?」

心底びっくりして問いかけると、逆に彼のほうがおどろいたような顔でこちらをじっと見た。しばらく見つめたあと、目を細めて微笑する。

「これから、パムパムがなにを思っているのか、ほかの動物たちもどんなことを考えているのか、私におしえてくれるか?」

「いいよ、そうするね」

そうなのか、知らなかった。自分以外のひとはできないなんて。

「ありがたい、すごく助かる」

「助かるの？　ぼくがすることとで？」

そんなことを言われたのは初めてなのでとまどった。

「そうだよ、ほかの人間にはできないことができるんだから」

どうしたのだろう、ぼろぼろと涙が流れ落ちてくる。

そうか、そうなんだ、羊飼いの手伝いをしていたときも、羊の心がわかったけれど、みんな、わかっているものだと思っていた。

ただそのときは羊のあつかいがとてもうまいとは褒《ほ》められ、ちゃんとご飯を食べさせてもらえたけど、自分にそういう力があったからなのか。

「昔から、特別に魂の美しい人間には、そんな力があると聞いたことがある。ただそれはすべて物心がつくまえの純粋な子どものころだけのことで、きみくらいの年齢の人間がそんな力をもっているのはとてもめずらしいことなんだ」

「じゃあ、いつかなくなってしまうの？」

「きれいな心を持っていたら大丈夫だ」

そういえば、虎さんたちが言ってた。心根が腐っていると聞こえないって。

「なら、がんばる。きれいな心を持てるようにがんばる」

そう答えると、ルドヴィクはふわっと微笑し、手を伸ばしてきてこちらの髪をくしゃっと撫でてくれる。このひとは汚いと思わない。すごい。おどろいてしまう。

「さあ、もう休むんだ。雪が止《や》んだら出発だから」

「どこへいくの？」

「私の敵国へ」

敵国……意味がわからないけれど。さっき、自由のない国に人質としていくと言っていた。どんなところが敵国で、どんなことが人質なのか想像がつかないけれど、このルドヴィクとパムパムと一緒なら、とっても素敵な天国のようなところの気がしてきた。

「一緒にくるな？」

「うん、いくよー、いくいく」

「では、明日はきみに服も用意しよう。今日はもうおやすみ」

ルドヴィクがいなくなったあと、パムパムを抱きしめ、暖炉の前に横たわる。

「名前もらっちゃったよ。ぼく、今日からエミルっていうんだ。ロバ3号、アヒルの子どもくん、バカ、クズ、醜い子よりもずっといいね」

うん、エミルってきみにぴったりだね。他の呼び方はちっともいいものじゃないからもう忘れたほうがいいよ――とパムパムが話しかけてくる。

「うん、そうするね。エミルって名前、響きも意味も綺麗で、もったいない宝石みたいな名前だけど……ぼく、大事にするよ」

パムパムを抱き締めながら、自分は今日からエミルなのだと心でくりかえす。

その後、この建物の使用人というひとがスープとホットミルクを持ってきてくれた。

ビーツとホクホクしたレンズ豆のすごくおいしいスープ。ひとくち飲んだとき、ハッとした。

——そうだ、高熱のとき……これ、飲んだ記憶がある。

もうろうとするエミルを抱きおこし、ルドヴィクが少しでも栄養をとったほうがいいからと、スプーンですくって飲ませてくれたのだ。

夢だと思っていた。

ああ、この味、同じだ。こんなにおいしいものがこの世界にあるなんてとすごく驚いたこともなんとなくおぼえている。あの声はルドヴィクさまだったのか。

『そう、それでいい、もっと飲むんだ。そして眠るんだ。私のために』

あたたかいスープ、あたたかい飲み物、あたたかい場所とあたたかい生き物。

死んじゃうよりも気持ちいいものがあるというのをはじめて知った。

自分の名前、それからかわいい猫。

そして、初めてやさしくしてくれたひと——ルドヴィクさま。

パムパムが寒くないように自分の体でつつみ、エミルは涙をながしながら眠った。

エミル、エミル、エミル、エミル……聞きなれない自分の名前を頭のなかでひびかせながら。

2　ルドヴィク――囚《とら》われの皇子

「では、エミル、おやすみ」

エミルを眠りにつかせると、ルドヴィクは中庭に出た。

今夜もまた、風がうなりをあげて雪けむりを巻きあげている。

荒々しい風が吹く雪の森のなかにある小さな城。

強い吹雪《ふぶき》のなかに的《まと》をつくり、弓をもって離れた場所から矢を放《はな》ってみる。

ヒュンっと乾いた音を立て、強い雪風に逆らうように次々と飛んでいった数本の矢。

一週間まえにうけた傷が回復したことをたしかめるため、ルドヴィクは用意していた残りの矢をすべて打ってみた。

「……っ」

肩に亀裂《きれつ》が走ったような痛みを感じる。しかし放った矢はすべて的のまんなかへとつきさっていった。もう大丈夫だろう。痛みがあったとしてもこのくらい回復していれば、いざというとき、敵と戦うことも可能だ。

先日、ルドヴィクは兄からの刺客《しかく》に暗殺されそうになった。なんとかまぬがれることはできたが、そのとき、肩に矢傷を負ってしまった。

先日まで里帰りしていたオスマン帝国でのことだ。ようやく回復してきた。

――あの国は……本当にいつもいつも骨肉《こつにく》の争いばかりしている。

ルドヴィクはオスマン帝国の今の皇帝の第二皇子だ。父帝が敵対しているビザンティン帝国の姫に恋をし、彼女を拉致《らち》して後宮《こうきゅう》に入れ、ふたりの間に誕生した。

オスマン帝国には、ほかにも多数の皇子がいて、そのうちの何人かが友好の証明――つまり人質として周辺諸国におもむいている。

ルドヴィクもそうだ。今はラグサという共和国への人質だ。

ラグサはイタリア半島で絶大な力を持つヴェネツィア共和国のライバル国のひとつで、アドリア海の海上貿易の利権をあらそっている。

そのためにも、オスマン帝国との友好関係が重要になり、こうしてルドヴィクのような「友好使節」という名目《めいもく》の人質が必要なのだ。国家にとってさほど大切ではないけれど、王の血を汲《く》むものとしてルドヴィクは格好の存在だった。

その昔、ルドヴィクの母親が故国《ここく》から連れてきた従者たちが政治的なトラブルを起こして密偵容疑で投獄《とうごく》されたことがあり、結果的に母まで殺されてしまった。

ルドヴィクが五歳くらいのころだったと思う。ウードを演奏しながら、母がルドヴィクに歌を歌っていたとき、兵士たちが飛びこんできたのだ。

目の前で母が血まみれになって殺された。『憎い、アイシャの罠《わな》よ……私はあの女に殺されるの……憎い……この国が。ルドヴィク……どうか復讐を』と苦しみながら、地面をかきむしり、血の海に溺《おぼ》れるように。

アイシャとは、兄皇子の母親。ラグサ共和国出身の姫に仕《つか》えていた奴隷で、どん底から皇帝の寵姫《ちょうき》にまでのしあがった女性だ。

彼女からすれば、敵国とはいえ、ビザンティン帝国の皇帝の血をくむルドヴィクの母親は邪魔だったのだろう。政治的な問題があったというのも罠だったのかもしれない。

天人花《てんにんか》と銀梅花《ぎんばいか》と柘榴《ざくろ》の花の咲く中庭でのことだった。

その後、ルドヴィクは犯罪者の子どもとしてずっと幽閉《ゆうへい》されて育った。首都エディルネの郊外にある古い城の地下牢で。

父には、ほかにも何人も皇子がいたので、どうして自分が生かされていたのかわからなかったが、答えは十三歳のときにわかった。

『息子よ、国家のため、友好のため、敵国に人質としていってほしい』

いきなり、父からそう言われたのだ。

七年前のことだ。おそらくそういったときのため、生かされていたのだろう。

長いあいだ、暗闇のような地下牢のなかにいた。二日に一度、森に散歩に出て、森の動物と触れあうことは許されたが、常に見張りの兵士がついていた。もちろん人間と話すことも許されなかった。

それでも太陽の光、月の光、星のきらめき、風の音、砂の音、水の音、生物たちの声に喜びを感じた。

花の甘やかな香り、雨の湿った匂い、土や緑の匂い。水を飲んだときの喉の潤《うるお》い。あたたかな風がほおをなでたときの優しさ。動物の毛に包まれた皮膚の心地よさ。

牢獄の外に存在するもののすべてが愛《いと》しくてしょうがなかった。

それもあり、父に呼ばれたときは人質という形であっても外で暮らせる喜びに、突然、漆黒《しっこく》だった世界にすーっと光があふれた気がした。

ルドヴィクは友好の印《しるし》として、それまで身につけたことのない美しい衣装、ターバンに身を包み、胸には宝石のペンダントを下げ、それから宝剣などを与えられた。

出発の前に、五歳年上のイルハンという従者から、数ヵ月ほど、宮廷での作法や語学や歴史、それに武術などを急ピッチで教わった。

馬に乗り、十数人の兵士と数人の従者とともに、友好のための進物《しんもつ》の品を入れた馬車を引き連れて国を出発したのは、美しい花々が咲く初夏のことだった。

兵士たちに囲まれ、キャラバンのように隊列を組んで旅立つ途中、奴隷市《どれいいち》が行われている大きな広場を通りかかった。小さな子どもや女性が売買《ばいばい》されていた。

——母を殺した寵姫《ちょうき》……アイシャもああして売られていたのか。奴隷から寵姫になったというが。

一体どこからどうやって集めてくるのかと考えただけで胸の奥に砂が溜まっていくような不快な感覚を抱いたそのとき、よろよろとした仔猫が水路に落ちるのが見えた。助けなければと馬から降りた瞬間、ルドヴィクよりも先にそのなかのひとり、首になわをつけられた子どもがパッと市場からとびだし、水路に飛びこんだ。

『逃げたぞ、追え！』

ちょっとした騒ぎになり、ルドヴィクと一緒にいた従者たちもその子のあとを追った。その少年は逃げたのではなく、水路に落ちた仔猫を助けたのだった。

『こいつ、逃げるつもりだったのか』

大男が子どもをムチで叩こうとした瞬間、ルドヴィクは反射的に馬を従者にあずけ、その前にとびだした。

『待て、暴力はやめろ。彼は猫を助けたのだ』

『まさか、逃げたに決まっている』

『いや、私の仔猫を助けてくれたのだ』

体でかばうように立ち、とっさにそう言っていた。

『この猫があなたさまの？』

『そうだ。大事な猫の命の恩人だ。その子ごと、私が買おう』

首からかかっていた紅玉《こうぎょく》のついたペンダントをとり、大男にわたすと、彼は顔色を変え、喜んだ様子でその子どもを売ってくれた。

『なにをされているのですか。これから国を出るというのに』

イルハンが声をかけてきた。ルドヴィクの監視役兼従者として同行していた。

『連れていくのは無理か』

小さな生まれたばかりの猫と奴隷の子ども。

ボサボサの髪の毛は薄い金髪だ。水に濡れている。ちょっとくらいの水では汚れがとれないのか、まだ黒っぽく汚れた顔の半分にはやけどのあとがある。目は不思議な紫色をしていた。ただしくはピンクっぽい紫色というのか。

首に縄。目だけが大きい。おそろしいほど小汚い子どもだった。

『猫はともかく、子どもは無理です。まだあなたご自身のお立場も安定していないのに』

たしかにそうだ。どうしたものか。この痩《や》せかた、おびえかた、汚れかた、それからやけど。このままともな人生が歩めるとは思えない。

『名前は？』

問いかけても返事はない。年は十歳くらいか。だれも信じていないような、何の感情もないようなまなざしに、ふと幽閉されていたときの自分とが重なって見えた。

なんとかしたいが、ルドヴィクにはだれかを助けるだけの力はない。まだたった十三歳だ。ようやく牢獄の外にでることができた弱い立場だ。この子に何もできない。

『この猫は私が責任をもって世話をする。だが、きみは一緒に連れていくことはできない。私も自由な立場ではなくて』

すると、ボサボサの髪のあいだから見えた目に涙が溜まるのがわかった。と同時に、その彼の瞳が少しだけピンク色に変化することに気づいた。

『だれか、彼をあずかってくれる人間をさがしてくれないか。その者に、これをわたして』

ルドヴィクは指輪を取ってイルハンにわたした。

『わかりました。私はあなたのおそばを離れるわけにはいきませんので、街中にいる弟にたのみましょう』

それから仔猫を連れ、ルドヴィクは一行とともに北上した。

イルハンの弟は裕福な羊飼いをさがし、そこに彼をあずけ、衣食住と教育をしてほしいとたのんだらしい。旅の途中、イルハンの弟の使いがそう報告しにきてくれた。

――あの子に少しでも幸せな人生を。

仔猫を抱き、馬を進め、むかったところはラグサ共和国の首都ドブロブニクという小さな城《じょう》塞《さい》都市だった。

共和国といっても、長い間、この国はハンガリー王国の隷属下《れいぞくか》にあった。今は自由国とされてはいるが、決して完全な自由はないらしい。

東側に広大な勢力をもっていたハンガリー王国の末裔《まつえい》がモンゴルの勢いから逃《のが》れるようにやってきて実質的な統治者になっていた。

北側に広がるヴェネツィアと海上貿易で争ったかと思えば、献上品《けんじょうひん》を送って庇護《ひご》を申し出……と、いくつか複雑な問題を抱えていた。

それもあり、南側のオスマン帝国と友好関係を結び、少しでも国の平和と安定を保《たも》とうとかんがえていたのだろう。

ルドヴィクはそのとき、ラグサ大公の親戚筋の姫君と交換という形で、そこに送られたのだった。

その姫君はやがて兄皇子の寵姫となり、今は一男一女の母親となっている。

ラグサは国としてはオスマン帝国よりもずっと小規模だったが、地中海の交易《こうえき》のためには欠かせない場所にあったため、オスマン帝国側としても友好関係が必要なのだ。

七年間、人質という形とはいえ、故国《ここく》にいたころよりはずっと人間らしい生活を送っていた。

共和国の総督《そうとく》をしているオルツィ大公は、とてもおだやかな人柄で、しっかりと勉強をしたいというルドヴィクの希望を聞き入れ、あちらの貴族たちの子弟《してい》が通う学校で、算術や法律学、歴史、ラテン語などを勉強させてくれた。

音楽やダンスも得意だ。特に亡命《ぼうめい》してきたオスマン帝国の楽師《がくし》からじかに教わったので、ウードの演奏は楽師なみと言われている。

今では、大公の幼い息子に音楽を聴かせるようにと言われるほどだ。

ただ武芸一般と狩猟《しゅりょう》に関してはいっさい学ぶことが許されていない。万が一にでも、母親の復讐をくわだてたり、反乱や謀反《むほん》をおこしたりしないように。

おかげで剣術は苦手だ。ひとりで訓練できる乗馬と弓矢をのぞいては。

ただし弓矢といっても的をつくって訓練しているだけで、実際に動物や人を殺《あや》めることはできないだろう。

あのときの猫はパムパムと名づけ、実の家族としてかわいがってきた。

エミルのように動物の心まではわからないけれど、昔から野生動物からは好かれる傾向《けいこう》にあった。そういう意味では、人間社会から遠ざけられて育ったため、ルドヴィク自身も動物が安心するような純粋さを持っているのかもしれない。

——たしかに……狩猟も武芸もできないからな。彼らになにかしようという気持ちもない。だから動物も安心するのだろう。

オスマン帝国で牢獄に幽閉されていたころ、唯一、許されていた森の散歩中、人と触れあえない代わりというのも変だが、近郊の森にいる狼《おおかみ》と親しくなった。矢傷を受けて苦しんでいた狼を助けたことがきっかけだった。何となく心が通じるようになり、ルドヴィクが通りかかるたび、うおおんうおおんと遠吠えをあげながら現れ、危険な道を教えてくれたり、熊を追い払ったりしてくれた。

——動物はいい、好意を寄せてくれる。いっそ森の奥で動物たちと暮らすことができたら。このままずっと森で静かに暮らせるならどれほど幸せだろうか。一市民となって平凡に暮らしたい。よくそんなふうに思った。

——夢のまた夢だ。絶対に無理だ。

母が殺されたときから、ルドヴィクはただ利用価値があるから生かされているだけの存在で、自分の意思で動くことは許されてはいない。五歳のときに亡くなった母。ルドヴィクのなかに残っている母親のわずかな記憶がいつも心を闇へとひきずりこむ。

『憎い……アイシャの罠よ……私はあの女に殺されるの……憎い……この国が。ルドヴィク、どうか復讐を』

頭のなかから消えない母の声。ふとしたとき、耳鳴りのように響く。憎い憎いという声だ。幽閉されていたときからずっと、呪縛《じゅばく》のようにルドヴィクを縛り続けている。

——復讐？　どうやってすればいいのか。自由も武器も持てない私が。

そんなことをくわだて、万が一にでも皇帝や兄に知られることになったら、その場で首を刎《は》ねられてしまうだけだ。

それよりも今は生き延びることを考えるのだ。ルドヴィクが生きていることが彼らにとって最大限の恐怖なのだ。母を殺した寵姫アイシャと、その息子。

——そうだ、私が生きていることが彼らへの最大の復讐でもある。

そう自分に言い聞かせ、静かに生きることだけを心がけてきたのだが、七年が過ぎた今年の初め、故国で父の皇帝が危篤《きとく》になり、急遽《きゅうきょ》、よびもどされ、また牢獄に閉じこめられてしまったのだ。

幸いにも父は一ヵ月ほどで起きあがれるようになり、ルドヴィクは再び『人質』としてラグサ帝国にもどることになった。

回復祝いの祭が行われ、街のサーカスであの少年と似た子がいるとイルハンが言っていたが、たしかめる余裕はなかった。というのも、何度か母親の違う兄や弟の親族たちから暗殺されそうになったからだ。なんとか無事に過ごし、その帰り道に、雪山であのときのやけどの少年を見つけた。

ちょうど雪山にある小さな城に到着したときのことだ。

十数人の一行で雪山を越えるのは厳しいと考え、そこの城主に世話になり、雪が止《や》むまでの期間、避難することにした。

城の塔から雪の道を見ていると、サーカスたち一行があわただしく山を越えている様子が見えた。こんな日に雪山を越えることができるのだろうか。

あの少年はあそこにいるのか。

イルハンの話では、サーカスで下働きをしていたそうだ。裕福な羊飼いのところにいたはずだが、いつのまに。大丈夫だろうか、こんなところで遭難《そうなん》したりしないだろうかと案じていたそのとき、外で狼たちがさわいでいることに気づいた。

城から抜けだしたりしたら、逃亡だと勘違いされ、殺されてしまう可能性もある。

だが、なぜか奇妙な予感がした。

狼たちの声から察すると、ただごとではないのがわかったからだ。

『ちょっと出かけてくる。すぐもどる』

イルハンにだけ、そう伝えて城からとびだそうとすると、仔猫のパムパムが肩に飛び乗ってきた。みゃあみゃあと必死にうったえてくる。どうやら彼にもなにか感じるものがあるらしい。

あの少年になにかあったのかもしれない。

そんな気がして急いで馬を走らせた。

月のない夜の森ほど危険なところはない。無明《むみょう》の暗夜《あんや》である。しかも猛吹雪だった。

それでも狼の声にしたがって、ルドヴィクは馬に乗って彼らのあとを追った。

そうして進んでいくうちに少しずつ雪がやみ、空には半月がうかびあがり、雪山のゆるやかな稜線《りょうせん》が見えた。

その稜線の下に、谷底があり、雪灯りが狼たちのいる谷底を照らしだしていた。

見れば、不自然にもりあがった雪山のようなものがあった。

動物の死骸《しがい》でも埋もれているのか。大きさからいって、鹿の子どもか。いや、それなら狼たちがこんな反応は示さない。ふつうにごちそうとしていただくだろう。

うおおおん、うおおおん、うおおおん。

狼たちが必死な様子で遠吠えをあげている。

ルドヴィクは馬の手綱《たづな》をつかみ、谷底へと続くゆるい坂道をおりていった。

やがて狼の近くまでくると、それまでルドヴィクのふところにいた猫のパムパムがハッとしたように顔をだし、あたりをきょろきょろとみまわしたあと、いきなり雪の道に飛び降りた。

パムパムは狼たちの間を抜け、小さな雪の山にむかってはしっていく。

たどりつくと、みゃおんみゃおんと鳴き、前肢《まえあし》で犬のように雪を掘ってそこにいるなにかをぺろぺろと舐《な》め始めた。

『これは……』

雪をかきわけると指先が人間の髪らしきものに触れた。

人間だ。人間の少年がボロボロの布にくるまっていた。

まだ体温が残っている。生きているのか死んでいるのかたしかめようとしたそのとき、髪の毛のあいだから見えた彼の目がじっとこっちを見ていることに気づいた。

虫の息だが、生きているらしい。

あの子だ。予感は当たっていた。このままだと死んでしまう。ルドヴィクは急いで雪のなかから少年の身体をすくいあげ、自分が身につけていた毛皮でくるんだのだ。

――よかった、あの子を助けることができて。

エミルをこの城に連れてきたときのことを思いだしながら、ルドヴィクは肩の状態をたしかめたあと、雪を払いながら建物のなかに入っていった。

あの様子だとそろそろ雪が止《や》むだろう。そうなったら、すぐにこの城を出ることになる。旅をさせて大丈夫なのか、エミルの体調が気になり、ルドヴィクは自身の寝室に行くまえにそっとエミルの様子をたしかめた。

薄暗い寝室のなかに無数の燭台《しょくだい》の火が揺れている。暖炉《だんろ》の前でエミルがパムパムを抱いてうずくまるような姿勢で眠っている。

――もう安心だ。パムパムもうれしそうだ。

ルドヴィクは彼にエミルと名づけた。自分が本当ならつけられるはずだった名前だ。

父親は礼儀正しいまっすぐな人間という意味を込めて「エミル」と名づけたいと思っていたようだが、母親が断固として反対したらしい。自分の国の名前をつけたいと言って、ルドヴィクという、オスマン帝国には存在しない名前をつけたという話をあとで母から聞いた。

意味は狼。そのせいか、ルドヴィクは狼の気持ちがわかり、親しくなれる。何となくわかる程度のものだが。

——私だけかと思っていたが、この子も動物の気持ちがわかるのか。

しかもルドヴィクが狼の気持ちだけなのに対し、エミルはそれ以外の動物すべての気持ち、しかも言葉までもがわかるという。きっと無垢《むく》で清らかな心を持っているのだろう。

『一緒にくるな?』

さっき、そう問いかけると、子どものような笑みを見せてくれた。

『うん、いくよー、いくいく』

きみは幼児か……と言いたくなるほど無邪気なその返事に、殺伐《さつばつ》とした気持ちが癒《い》やされる気がした。

決して楽しい暮らしが待っているわけではない。ラグサに行ったら自由のない人質だ。

それでも多分、サーカスでの暮らしよりはマシだろう。

何か交流を持ちたいわけではないが、そばにいてほしい。そんな気持ちが芽生《めば》えていた。

その翌々日、ルドヴィクは一行とともに城をでて、ラグサ共和国へとむかった。

ボスニアの切り立った山を越え、川や谷を越え、森を抜けると、海に囲まれた美しいラグサ共和国の首都ドブロブニクに到着する。

エミルはルドヴィクの馬に乗せた。

「わあ、わあ、きれいー」

まだ万全《ばんぜん》という感じではなかったが、旅の途中、エミルはいろんなことに感動し、感嘆《かんたん》の声をあげていた。

「ラグサってどんなところかな、楽しみだね」

エミルが猫のパムパムに話しかけると、「みゃおんみゃおん」という返事がある。それに対して「そーなんだ、海かーすてきだねー」と返しているところから察すると、本当に会話が成り立っているのだとわかって不思議な気持ちになる。

「うらやましい……私だってパムパムと会話がしたいのに」

思わず漏《も》らしたつぶやきに、エミルは「すればいいよー、パムパムちゃんはぜーんぶこっちの会話を理解してるよー」と言う。

パムパムが人間の言葉を理解？　だったら変なことは口にできないではないか——とどうでもいいようなことを心配しながら、エミルとのやりとりをたのしんでいるうちに、一行はラグサに到着していた。

水の匂い。ザザ、ザザザという海の音が聞こえ続ける国。それにかすかな鐘《かね》の音やカモメの鳴き声が混じる。

ルドヴィクもひさしぶりに慣れた自分のベッドで眠りについた。

故郷ではないのに故郷にかえったような気持ちになる。

——海の音……。ああ、ラグサにもどってきたのか。

翌朝、波の音とカモメに起こされたルドヴィクはベッドからおり、窓を開けた。

もう陽が高い。晴れている。青い海がなつかしい。

山岳《さんがく》地帯は雪が降っていたというのに、地上はまだ秋の盛りだ。

晩秋《ばんしゅう》のアドリア海はちょうど昼前のこの時間、最も深みのある色の空が海をおおう。

雲ひとつない蒼穹《そうきゅう》は紺青《こんじょう》に近い色に染まっていた。

何という澄み渡った青空だろうか。オスマン帝国からここまでの道のりは、険《けわ》しい岩山や雪山、荒々しい谷といった困難な道が多いが、ラグサ共和国がある一帯は、おだやかで美しい海や砂浜、それにのどかな牧草地帯がひろがる。

イタリア、ギリシャ、ハンガリー……と、多くの国家に支配され、文明の中継点として多くの文化が融合《ゆうごう》している。

ここで人質として生きるしか自分は場所がない。ここでしか……多分、生きられない。

故郷にもどり、父の回復をずっと待っていたとき、父がこのまま死んだら自分は殺されるのだというのを肌で感じていた。そのためによびもどされたのだ。次の皇帝になる兄にとって、すぐ年下のルドヴィクは邪魔な存在でしかないのだから。

――そのときは……刺しちがえても。

「お目覚めになられましたか」

窓を開けると、隣の隣の部屋のバルコニーにイルハンの姿があった。ふたりの間にあるバルコニーでパムパムがひなたぼっこをしている。

その部屋は例の少年――エミルと猫のために用意した部屋だった。

「あの子は？」

「さっき、様子を見ましたが、まだ眠っているようです」

「だいぶ元気になったようだな」

「はい。それにしても本当にお連れになるとは驚きました」

「だが、連れてきて正解だった」

動物の心がわかるだけでなく、彼はどうも悪意のある人間を前にすると、言葉が話せなくなるらしいというのがわかった。

彼自身にだけでなく、近くにいる人間全員の。だから、ここにくるまでの道で、使用人のひとりがルドヴィクの食事に毒を入れていることに気づくことができた。

兄皇子の命令で、そっとベラドンナの粉末をルドヴィクのスープ皿に入れたのだ。

彼が急にその皿を手にとり、『あーあーあー』とわけがわからない様子で喉《のど》をつまらせた。

なにかあるのではないかと調べると、実は毒が入っていたことがわかった。

「私の体は毒に耐性がある。だが、それでも助かった」

「ええ。でもあんな感じでは、これまで生きているのがとてもつらかったでしょうね」

「そうだな」

旅を終え、ラグサにもどると、ルドヴィクが一棟《ひとむね》を自宅としてもらっている邸宅《ていたく》のなかに彼の部屋も用意した。

到着するなり、つかれてぐっすりと眠ったようだ。

あれだけ繊細《せんさい》にまわりの人間の悪意を感じてしまうのではとても生きづらい人生を歩んできただろう。

悪意を感じると言葉が詰まってしまうらしいが、そのために何も知らない人間たちからひどくバカにされてきたようだ。

しかも、やけどのせいで、醜《みにく》い醜いとさげすまれて。

『死にたい、死にたい』

そのほうが楽だからと言っていた彼のことを思うと、胸が痛むが、せめてここで少しでもひととして平穏に過ごしてほしいと願う。

尤《もっと》も、ルドヴィク自身、いつまで命が持つのかわからないのだが。

死にたがっている彼をそばにおくことで、もしかすると自分は救われたいのかもしれないという矛盾。

ずっと奈落の底で重い鎖《くさり》につながれている気がしていた。ただ生きるということしかできない。未来をどうしたらいいのかなにも見えない。だれも信頼できない。だれかと楽しく話をすることもできない。

気が遠くなりそうな果てしない時間、ルドヴィクはずっと牢獄で暮らしていた。

今は少しマシだが、それでも自由はない。いつまで生きていられるのかわからない。復讐をしたところで、味方も仲間もいないルドヴィクは反逆者として、すぐ下の弟とその親族に処刑されるだけだ。

そんな不安定な人生を歩んでいる自分が他者を助けることなど不可能なのに。それなのに連れてきてしまった。死ななくてもいいのに、死のほうが楽だと言う少年。彼に「生」の意味を見つけてほしいと思うのはどうしてなのか。自分でも理由はわからない。

ただ彼に対して、できるかぎりの責任を果たさなければ……とは思う。

——いざというとき、彼がひとりで暮らせるように。

ラグサ共和国にもどってから数日が過ぎた。雪山からこの街にくる道中では、まだエミルも本調子ではなさそうだったが、この街にきてから彼もかなり回復したようだ。

「パムパム、おはよう、ごはんだよー」

パムパムの毛並みを整え、食べ物を用意して楽しそうに過ごしている。

パムパムのためにキャットタワーを作っていたエミルは、その部屋を綺麗な石をくだいたモザイクのようなもので飾っていた。

「なんだ、それは」

猫の部屋に行き、エミルに問いかけると、彼は笑顔で答えた。

「きらきらしていたから、パムパムにあげようと思って、旅の途中で集めていたの」

美しい石。貝殻《かいがら》。花。どこで見つけてきたのか知らないけれど、彼は自分の袋のなかをきらきらとしたものでいっぱいにしていた。そしてそれをひとつずつとりだし、パムパムのキャットタワーの横の壁にモザイク画《が》を描こうとしていた。

「どうしてそんなことをしてるんだ？」

「んとね、ぼくが醜いから」

「エミル、そんなことはない」

「ううん、みんな、そう言うよ。ルドヴィクさまとパムパム以外は、そう思ってる。イルハンさんはちょっと違うけど」

彼はひとが言葉にしないマイナスの感情がわかる。だからどうしても「醜い」と思われていることに気づいてしまうらしい。

「でもね、ルドヴィクさまとパムパムが思っていないことは知ってるし、それだけでぼくはとってもうれしいんだよ」

「それならよかった」

「あのね、ぼく、もっと働かなくてもいいの？」

キャットタワーで遊んでいるパムパムを見上げ、エミルは遠慮がちに問いかけてきた。

彼の手にはまだ擦《す》り傷やアカギレがたくさんある。ルドヴィクはその手をとり、自分の手でつつみ、じっとこちらを見上げている真《ま》っ直《す》ぐな瞳を見つめて尋ねた。

「いいよ、ほかは。……サーカスはつらかったか？」

問いかけると、彼は少し考えたあと、小さく微笑した。

「うん、でも、そうでもない」

「本当に？」

うん、と彼はうなずく。

「一番つらかったのは、サーカスに行くまえのまえ。サーカスのまえは、羊飼いのところで羊のお世話をしていたの」

イルハンから聞いた。最初に羊飼いのところに預けたと。ルドヴィクの指輪をわたして大切にしてほしいとたのむと、羊飼いは快《こころよ》くこの子を受け入れてくれたようだ。

「そのときは、羊くんと呼ばれていたの。ご飯の作り方も教えてもらって。ぼくのこと、醜いと思っているのは知っていたし、心の底から仲良くはできなかったけど、それまでの修道院でのお仕事よりも、サーカスのお仕事よりも、一番ふわふわしていた」

「それはよかった」

「でもね、疫病《えきびょう》でみんな死んじゃって。ぼくが醜いから疫病神《やくびょうがみ》だって言われて、それで、サーカスに売られたの」

そうだったのか。それであんな目に。

「で、修道院ではどんな仕事をしていたんだ」

「ぼくの仕事ね、修道院の裏で、死んだひとを埋《う》める仕事だったの」

ぼそぼそとエミルがつぶやく。

その言葉に「え……」とルドヴィクは眉をひそめた。

「そんな……きみはまだ子どもだっただろう?」

「うん、子どもだったよ。小さかった」

「それなのにどうして」

「みんながね、ぼくの仕事だって。いろんなひとがいたよ、事故で死んだ人、戦争で死んだ人、病気で死んだ人」

彼の言葉に胸が痛くなる。そんなことをさせられていたのか。

「すごくつらかったの。重いし、いろんなにおいがするし、ぐちゃぐちゃのひともいたし、子どもも赤ちゃんもいたし。疫病のひともいて、とっても怖かったよ。でもね、だんだんなんにも感じなくなった。みんな、蛆虫《うじむし》さんに食べられるんだ。死んだら同じ。人間はみんなこんなふうになるんだってわかったんだ」

言葉が出てこない。最初に奴隷市で見かけたときはまだ小さな子どもだった。華奢《きゃしゃ》で、折れそうなほど細くて。それは今も変わらないが、あのころはもっと。

「だから、ぼく、狼さんに食べられたいなと思った。蛆虫さんよりも大きいから、早く食べてくれそうだし、自分の体のなかをいっぱいの蛆虫さんが動くの、やっぱり怖いから」

あかるく笑って話しているエミルを見ていると、だんだん腹が立ってきた。

どうして子どもにそんなことを。

「ぼくはとっても醜いから、一番、みんなが嫌がる仕事をしないといけないんだって。修道院のひとが言ってた」

ぶっ殺してやりたい。そう思った。

小さな子どもにそんなことをするやつらを。人間を人間と思っていない行為を。修道院ということは、神に仕《つか》えている人間たちの住まいではないか。それなのに。

彼はやけどさえなければ、本当はとても美しいはずだ。

まっしろな肌、プラチナブロンド、それから初めて見たときも思ったが、不思議な目の色をしている。普段は紫色なのに、感情が揺れるとピンク色っぽくなるのだ。このくりくりとした大きな目がとても愛らしい。

神秘的ですらある。やけどのあとがなければ妖精のようなのに。

――いや、それでよかったのかもしれない。

もしそのままの姿だったら、この子はいろんな人間の欲望にまみれていた気がする。この世のものとは思えないほどの美貌《びぼう》の少年として。

小柄で華奢なせいか、体の半分に残るやけどがなかったら森の妖精のように感じただろう。

「あの……ルドヴィクさま……」

じっと彼を見ていると、おずおずとした様子でエミルが口をひらいた。

「どうした」

「ぼく……ここにいていいの?」

エミルが不安そうに問いかけてくる。

「いたいのか?」

うん、と彼がうなずく。

「なら、いればいい」

「本当に?　こんなぼくでもいいの?」

まだ信じていない様子だ。彼を安心させようとルドヴィクは思いきって目を細めて微笑してみた。他人のために心からほほえもうとするなど初めてのことで、どこか変かもしれないと不安になったが。

「パムパムの世話係にすると言っただろう。いたいだけいればいいんだ」

慣れないことをしているせいで口調はぶっきらぼうになった。けれどエミルにはちゃんと伝わったようだ。彼も目を細めて微笑した。

「よかった……」

「ああ。私にもしものことがあってもこれで安心だ」

「え……」

「いや、なんでもない」

もしも万が一にでも、ルドヴィクが暗殺されることがあっても、パムパムの世話をしてくれる人間がいれば安心だ。

イルハンや他の使用人たちも世話をしてくれるとは思う。

だが、彼らの本来の仕事ではないし、そのなかに暗殺者がまぎれこんでいないともかぎらない。イルハンも忠誠心のある青年だが、皇帝からの監視役でもある。

その点、エミルはちがう。ルドヴィクが自分から選んで連れてきた人物だ。

オスマン帝国も、ラグサ共和国も、人質であるルドヴィクが自分から他者と交流することを認めてはいない。どんな密偵がいるかわからないからだ。

だが、今回エミルを一行に加えようとしたことにたいして呆れはしているものの、だれひとり警戒していないのがわかる。

猫の世話をする従者としてやとったと伝えると、くすくすとおかしそうに笑うものや気味悪いという召使いもいた。

そんな貧相《ひんそう》なやつしか従者にできないのか。あんな汚くて醜い病人を従者にするなんて。人質の皇子は哀れなものだ。そんな声がルドヴィクの耳にもとどいた。

彼の外見が反対に安心感をあたえるのだろう。今にも死にそうなほどのほそさ、たどたどしい話し方、体の半分を占めているひどい火傷のあと、字も書けないし、本も読めない。こんな少年がスパイであったり暗殺者であったりするわけがないと、だれの目から見てもそう感じられるからだと思う。

もちろんルドヴィクは彼をそんなふうに利用する気はない。

ここでの唯一の心の慰め——白い猫のパムパムをいざというときに守ってくれる人間になって欲しいという気持ちがあるだけだ。その礼としてルドヴィクに万が一のことがあっても、エミルが今後ひとりでも無事に生きていけるよう、道をととのえるくらいはしておこうと思っていた。ここに連れてきた責任がある。いや、それ以上に、「死んで楽になりたい」と言っていた彼に「生」を選択させてしまった責任がある。

生きていてよかったと彼が心から思えるような環境を。

それを提供するのがせめてもの自分にできることだと思っている。

けれどだからといって、エミルと心を通わせることはできない。

——そうだ、だれとも心を通わせるな。だれとも親しくなるな。だれとも触れあうな。ひとを愛するな。ひとからの愛も求めるな。

ずっと自分に課していることだ。

今の皇帝が亡くなったら、ルドヴィクは兄皇子に殺されてしまう可能性が高い。

あるいは友好のため、そのまま人質としてこの国で暮らすことを許されるか。それともよその国にやられるか。いずれにしろ自分で自分の人生を決めることはできない。

——許されているのは、唯一、自分から死ぬことだけだ。兄上は嬉々《きき》として喜ぶだろう。皇帝に即位したあとの憂《うれ》いのひとつがなくなるとして。

だから自分からはなにがあっても死んでやるものかという意地がある。そのためだけに生きているといってもいいほど。

——だからエミル……死んで楽になりたいなど、私の前で口にするな。きみには死ななければいけない理由はないんだ。いつ殺されるかわからない、私のような人間とは違うのだから。きみは生きることが許されているのだから。

その日の夕方、ルドヴィクは宮殿に帰国の報告に出向いた。

街全体をぐるりと城壁《じょうへき》がとりかこみ、それが要塞《ようさい》となって住民を外敵から守ってくれている。

町中の建物の屋根を赤いテラコッタで統一しているせいか、夕方の時間帯、この国は世界一美しくなる。

きらきらと赤い屋根が煌《きら》めき、白い壁が淡いオレンジ色に染まる。

ルドヴィクが住まいとして与えられている一番奥の邸宅から、要塞の中央にある宮殿までは馬に乗って市街地を抜けて二十分ほど。すぐに到着する。

ちょうど午後六時を伝える鐘が教会から鳴り響いていた。

大公に報告したあと、廊下に出ると待ち構えていたように、若い女官が小さな子どもを抱き抱《かか》えてルドヴィクの近くにやってきた。

「よかったですね。ルドヴィク皇子がおもどりになりましたよ」

女官が連れているのは、この国の第一皇子で、公子《こうし》のティビーだった。ティボルというのが本名だが、愛称で呼ばれている。

「ルドヴィク、ルドヴィク、どこ？　どこ？」

生まれつき目が見えないのもあり、ティビーは女官の腕のなかで手を宙に泳がせていた。

「私ならここに」

そう答えると、わあっと彼がうれしそうに微笑する。

ふわふわの金髪、紫がかった青い瞳。このライラック色の美しい瞳が見えていないなんてだれも信じないだろう。と思うほど、彼の瞳はとても綺麗だ。このラグサ共和国の統治者であり、総督をつとめているオルツィ大公のたった一人の息子。まだ三歳になったばかりだ。ふっくらとしたほおがとても愛らしい。大公妃《たいこうひ》は病気がちで、ずっと寝室から出てこられない。

愛妾《あいしょう》との間にも子どもはいない。もちろんカトリックである以上、愛妾との子どもができたところでどうすることもできないのだが。

聞いた話によると、オルツィ大公は今の大公妃と結婚する前、別の女性と結婚していたが、政変があり、逃亡先で毒を盛られて亡くなったらしい。公子が誕生したばかりだった。

その後、森の崖《がけ》の下で大公妃の遺体が見つかったが、公子の姿はなかった。狼や熊のいる森だったので、赤ん坊などすぐに食べられたのだろう。大公妃の遺体も無惨《むざん》な有様《ありさま》だったという話だ。

国が安定したあと、今の妃と再婚し、ティビーが誕生した。

ルドヴィクはこの国に来て七年が過ぎた。ティビーのことも生まれたときから知っている。光を判別できる程度しか視力がなく、体も弱く、よく熱を出している。

今ではだいぶ健康になってきたようだが、それでも無理はできない。

王にはカロリナという妹がいるが、カロリナが国を継ぐか、この公子のティビーが国を継ぐかで、今、ラグサのなかで重臣たちの意見がふたつに分かれている。

たしかにこれだけ脆弱《ぜいじゃく》な公子だと、国民や重臣がカロリナに女総督になってほしいと思うのも無理はない。

今はかろうじて平和がたもたれているが、いつどうなるか不安定な状態ではある。どこの国も同じような争いがあるものだ。

「公子、少し大きくなられたようですね」

手を伸ばして彼のほおを手のひらで包む。

「ほんと？」

はい、とうなずくと、ティビーはきらきらと目を輝かせる。無邪気な、天使のような笑顔にホッと胸の奥が優しい気持ちになる。なんという邪気のない笑顔。この公子は、体が弱く、視力を持たない反面、とても清らかな心を持っているように感じる。

一緒にいると心があらわれたような気持ちになる。エミルもそうだ。パムパムも。自分はどうもそうした清らかなるものに触れていると安心できるらしい。

いつ死ぬか、いつ殺されるか、自分がどうなるかわからない不安定な人生を歩んでいるせいか、絶対的な美しいもの、清らかなものに救いを求めてしまうのかもしれない。

——だが……世界は私に平穏をあたえてはくれない。

さっき、大公のオルツィに帰城の挨拶《あいさつ》に行ったとき、彼の隣に妹姫のカロリナがいた。真珠のように美しい肌、金褐色《きんかっしょく》の髪、琥珀色《こはくいろ》の甘い眸《ひとみ》の美貌の姫君だ。大公とは年が離れているものの、ルドヴィクよりも五歳年上の未亡人である。三人で食事をしないかと誘われたが、それを断ると、カロリナ公女が不機嫌になり、なだめるのに時間がかかった。

――悪いことをした。理由があって他人と一緒に食事はしない……と決めているだけなのだが、自分を嫌っているからだと怒らせてしまった。

彼女はいったんベネツィア貴族と結婚したものの、夫が流行病《はやりやまい》で亡くなり、そのまま帰ってきたのだが、それ以来、気鬱《きうつ》の病で伏せることが多くなったとか。子どもはいない。

『ルドヴィク皇子よ、私にもしものことがあったら、公子のティビーだけではこの国は他国に攻められてしまう可能性がある。私の妹カロリナと結婚し、ティビーが成人するまでこの国の総督一家のひとりとして彼をささえてくれないか』

大公からそう言われた。カロリナ公女は大公の第二継承者になる。

ルドヴィクがそれでいいのなら、正式にオスマン帝国に使者を送るということだが、すぐに返事などできるわけがない。

『もう少し返事をお待ちください。国家間の大事なこと、私の考えでどうこうできるものではありませんが、長旅でつかれているので』

断るつもりだったが、国家間のことなので即答はせず、今日のところはいったんそう返事をして、大公の部屋をあとにした。

もし自分がカロリナ公女と婚約したら、この国は平和になるのか。それともさらに公女と公子の支持者たちの間でトラブルが起きてしまうのか。

できれば、平和に、静かに、政治とは関係のないところで暮らしたいのだが……。

「ルドヴィク、ルドヴィク、また遊んでねー」

くったくなく甘えてくるティビー公子。

どことなくエミルと似ている気がする。子どものころの彼と。もちろん彼は火傷のあともあり、ボロボロで、雰囲気はまったく違うのだが、目鼻立ちがなんとなく。

――もしかすると、彼はこの国の人間だったのかもしれない。

生まれも両親もなにもわからない。気がつけば、オスマン帝国の首都エディルネにあった東《とう》方正教会《ほうせいきょうかい》の修道院で孤児たちと一緒にやしなわれていたという。

特別美しかった子どもたちはどこかに養子にいき、ふつうの子どもたちは修道士や修道女になるように見習いとしてそれぞれ各地の教会にむかった。

頭のいい子たちはイスラムの神学生になったらしい。

だが、エミルは醜かったゆえ、名前もあたえられず、魔物の刻印のようだと忌《い》み嫌われ、人々が最も嫌う仕事――死体の運搬人たちの小屋に追いやられた。

『そのときの仕事が一番つらかったの』

エミルはそう話していた。最悪の環境で育ったエミルと、この宝石のように大切にされているティビーとが似ているわけはないのに。だが、同じような印象を受けるのは、きっとふたりの無垢《むく》な心が似ているからかもしれない。

そう感じながら、ルドヴィクは宮殿をあとにした。

3　エミル――初めての恋

こんなに毎日が幸せでいいのだろうか。

初めて他人からそばにいてもいいと言われ、エミルという名前をもらった。住むところも食べるものも着るものも心配しなくていい暮らしなんて初めてだった。

毎日が幸せすぎて、エミルにはすべてが夢のように感じられる。

――信じられない、あれからもう数ヵ月が過ぎたなんて。

ルドヴィク皇子――彼に雪山で助けられたときはまだ冬が始まったばかりだったのに、もうそろそろ冬が終わろうとしている。

雪の城にいたとき、彼は毎日のようにエミルの寝台にきて様子をたしかめてくれた。

それからいろんなことを尋ねてくれた。これまでしてきた仕事のことやこれまで会ったひとたちのこと。

でもこれまで出会ったどんなひとよりもルドヴィクさまは優しい。

あのときから幸せすぎて、エミルは今もまだ夢のなかにいるような感じがする。

やわらかなあたたかさがじわじわと体のすみずみまで染みわたり、甘くて優しい夢のなかにいるような感覚がずっと続いているのだ。

「わあ、また雪だ、もう春なのに」

窓を開けると、ひとひらふたひらと、小雪がちらついている。

「パムパム、そろそろルドヴィクさまのところにいくよ」

ふわふわとした真っ白な毛があたたかそうな、とても愛らしい猫。七年前、エミルが水路から助けた猫だ。

のびた前髪でやけどのある顔半分をかくし、ルドヴィクが用意してくれたローズ色の綺麗な膝丈《ひざたけ》の服を身につける。その下には白いブラウス、それからズボンとブーツ。石畳《いしだたみ》の上を歩いても痛くならない靴なんて初めてだった。

食べ物もたくさんもらっている。十分すぎて食べきれないほどだ。けれどルドヴィクはいつも同じことを言う。

『エミルはもっとちゃんとご飯を食べないと。きみは本当に痩《や》せているから』

『うん、でも、これ以上はもういいよー。おまけで置いてもらっているのに、そんなにたくさん食べたりしたらダメだよ』

『そんなこと気にしなくてもいいのに。動物たちと一緒にいるのは楽しいか？　今日、どんなことがあった？』

『あ、うん、今日はね、たくさん動物たちと話をしたよ』

『今の仕事は好きか？』

『うん、大好きだよ。仕事がこんなに楽しいなんて知らなかったよ』

そんな会話をしたのは、つい先日のことだった。

今、その動物たちは、この街にいる。

エミルを置いていったサーカスの一行は、雪山で遭難して大変だったらしい。

動物たちだけが何とか生き残り、この国の動物園に保護された。今、エミルはその動物園と動物専用の施療院《せりょういん》で働いている。

「エミル、今日もご苦労さま」

施療院には医師の先生がいる。人間も動物も診療することができるけれど、今、彼が研究しているのは、毒のある動物を使って解毒剤《げどくざい》を作ることらしい。

各国の君主や有力者が毒で暗殺されることが多いからだ。たしかに、旅の途中、ルドヴィクも食べ物に毒を混入されてしまう事件があった。

医師の先生はヤーコブという、七十くらいの優しいおじいちゃん先生だ。彼もエミルにとてもやさしいし、いろんなことを教えてくれる。

「毒から解毒剤をってどうやって？」

「実はね、毒蛇《どくへび》から毒を大量に採取《さいしゅ》して、それをいったん冷やしたあと、別の動物に毒を飲ませて、その動物の血液をもとにして作る方法があるんだ」

「そうなんだ。ぼくも手伝いたい。毒蛇とおしゃべりできるから」

「それはありがたい。毒蛇の気持ちがわかるのなら、彼らに私は敵ではなく味方だから協力して、毒をわけて欲しいとたのんでくれるか」

「うん、やってみる」

そんな仕事があるなんて知らなかった。毒蛇はみんなが怖がっているほど怖くはない。驚いたときだけ嚙むのだ。だから驚かさず、やさしく話しかけるととても平和的だ。

そうしてエミルが毒蛇に話しかけていると、よけいに気持ち悪さが増幅してしまうのか、使用人のお姉さんたちが「気持ち悪い」「醜くて見たくない」「悪魔の子みたい」とさらにエミルを嫌うようになった。それでも、ヤーコブはそんなことはない。

「エミルくんは動物たちに愛されているからね、だからいい子だよ」

そう言って、エミルのことをかばっているのを耳にしたことがあり、胸の奥がふんわりとあたたかくなった。

この施療院の隣にある小さな動物園は、昔、この国の総督《そうとく》の猛獣コレクションとして始めたらしいけれど、今では猛獣だけでなく、行き場のない動物たちも集められている。サーカスにいたロバの夫婦、虎、熊、サルも加わった。

エミルはそこで動物たちの状態をチェックするときにおじいちゃん先生に同行し、彼らの言葉を聞き、伝えるようにしていた。

もちろんパムパムも一緒にきている。そしてその間、ルドヴィクは宮廷に行き、仕事をしている。これがここでのエミルの日常だ。


「さあ、宮殿についた」

動物園での仕事が終わると、ふわふわとしたパムパムの毛を撫でながらエミルは宮殿へとむかう。門の前まで行くと雪交じりの風がほおをたたき、まだ冬が終わっていないことを改めて実感する。

冷たい風からのがれるかのように建物の陰に身をよせると、エミルはそこから顔を出して宮殿の門がひらくのを今か今かと待ちわびた。

「……ごめん、パムパム、今日、寒いね」

パムパムを胸のなかに入れ、外套《がいとう》のボタンを止める。パムパムがいるので体はそんなに寒くないけれど、頭や首筋、それから指先がとても冷たい。

襟巻《えりま》きや手袋を持ってくればよかった。息を吐いて手をすりあわせてもどんどん冷えていく。身震いしながら何度も何度も指先に息を吹きかけていると、ふと通りかかった街のひとの声が聞こえてきた。

「やだ、なんて気持ち悪い」

「わあ、悪魔のつかいみたい。魔女じゃないの」

「ああ、彼、動物園の職員だよ。魔女なんかじゃないよ」

もう慣れている言葉の数々。

『気にするなよ、エミルのことを好きなやつだけ大切にすればいいんだ』

胸のなかからパムパムが話しかけてくる。

こんな自分でも優しくしてくれるひとがいるから、昔のように自分なんていないほうがいいと思うようなことはなくなった。

パムパムもルドヴィク皇子も彼のそばにいるイルハンも、それからヤーコブおじいちゃん先生もとてもやさしい。だから大丈夫、大丈夫。ここでは怖いこともない。殴られたり、叩かれたりもしない。すごくすごく幸せだ。

そう思いながら、エミルはそれでもあまり人目につかないよう、街をとり囲む城壁《じょうへき》への階段をのぼっていった。

兵士に通行証を見せ、内壁《ないへき》と外壁《がいへき》に囲まれた通路にむかう。

美しい海洋都市ラグサ共和国。今日は小雪がちらついているけれど、冬でも晴れた日はまばゆい太陽の光できらきらと輝いているアドリア海がとても美しい。

濃厚な青さと、赤いテラコッタの屋根瓦《がわら》の風景。ここからその様子を眺めながら足を進めていくと、この街が本当に美しいことを実感する。

街と海の間には二重の城壁があり、外壁と内壁の間に一メートルほどの鋪道《ほどう》がある。

そこにはイタリア系とスラブ系の住民が住み、オスマン帝国ではめずらしかったエミルのような髪の色の人間もいる。

エミルは城壁の小窓から身を乗り出し、宮殿のゲートに視線をむけた。

昼間、週に三回、ルドヴィクは宮殿で王の子息の家庭教師をしている。

公子《こうし》のティビーさまに音楽とオスマン帝国の言葉を教えているらしい。

——もう帰る時間なのに……今日はいつでてくるんだろう。

海からの早春の風はとても冷たい。頭がズキズキするほど冷え、じっとしていると首の裏からぞくぞくしてくる。けれどどんなに体が凍《い》てついても、ルドヴィクのことを考えていると、なぜかエミルの心はあたたかくなる。

何度か宮殿の門がひらき、やがてルドヴィクとイルハンがでてきた。

馬に乗り、帰路《きろ》につくのだ。

白いターバンからはみでた黒髪、濃い青色の眸《ひとみ》、上品で凛々《りり》しい雰囲気の目鼻立ち、優しそうな口元。その美しさ、それから異国の人間特有のエキゾチックな色香《いろか》も加わり、ルドヴィクが進んでいくと、通りにいる住民たちの視線を自然とうばってしまう。

彼は『美しい異国の皇子』『麗《うるわ》しい孤独の貴公子』と呼ばれ、ラグサ国民の人気を集めているらしい。

――人質だから孤独だと言われているみたいだけど……まだぼくにはその意味がよくわからない。孤独とはどんなものなのだろう。

エミルはパムパムを抱いて、ずっと彼の姿を追っていく。

海にそって城壁をまっすぐ進み、次の階段を降りると、ルドヴィクが共和国から与えられている邸宅《ていたく》があるのだ。

ルドヴィクはこの要塞《ようさい》の外にでることが許されていない。彼の従者も。もちろんエミルも同様だった。このなかにいるかぎりは自由に動いてもいいのだが、外部の人間と連絡がとれないようになっている。

帰り道、ルドヴィクはイルハンと一緒にいつものように街の歓楽街へとむかう。

ほんの小半刻《こはんとき》、そこで遊んでから帰るのだ。

エミルは城塞都市を囲んだ城壁のなかにある塔にのぼり、いつもその様子を見下ろしている。

城壁の外側には大砲《たいほう》用ののぞき窓があるのだが、内側にはない。そのかわり少しつきでた塔があり、そこから街全体をみわたすことができた。

許可証があるものだけがここに入ってもいい。エミルは政治的に何の問題もないとして許可証をもらっていた。

ここからルドヴィクが遊んでいるところを眺め、彼よりも少し早く邸宅にもどって玄関でおかえりなさいと出迎えるのがとても楽しい。

街の広場から少し奥にはいったところに大人の遊び場といわれている一角がある。決められた貴族の男性だけしか入れないらしい。

でもこの場所からだと、目を凝《こ》らすと、うっすらとその様子がわかるのだ。

イスラム風の中庭のある大人の遊び場は、椰子《やし》や糸杉《いとすぎ》の木々にかこまれた水浴びのできるローマ帝国風の大きな浴場があり、大勢の男性たちが美女たちと楽しそうに過ごしている。

——大人のひとも、子供と変わらないんだな。水遊びが好きなんだ。

古代風の衣装を身につけた半裸《はんら》の美女が給仕の仕事をし、宝石や金細工を身につけたゴージャスな美女が男性客の相手をしている。

四方は壁に囲まれているものの、雨の日以外は屋根はとり払われている。雨のときだけ、簡易の屋根が用意されるのだが、その浴場はお湯のおかげで冬でも寒くないらしい。

薄暗闇のなか、松明《たいまつ》の焔《ほのお》が湯気で妖《あや》しく揺らめいているせいか、花も緑も美女もすべてが淡いベールに包まれた幻想的な夢の空間に見える。

大理石の床の上を湯気をたちのぼらせた湯が流れていく。

半裸身となったルドヴィクがトルコ風の繊細《せんさい》な模様の椅子に座ると、そのまわりを豊満な肉体の美女たちがとりかこみ、彼に飲み物を注《つ》ぎはじめる。

どこかで見た絵画のようだ。この世の天国というのはああいうものかもしれない。だからこうして眺めているのがとても好きだ。

「パムパム、ルドヴィクさま、楽しそうだね」

するとパムパムが答える。みゃあという響きでしかないが、エミルにははっきりとその意味が理解できるのだ。

『ルドヴィクさまは楽しいわけじゃないよ』

「え……どうして」

『うん、何となくそんな気がするんだ。急に人が変わったみたいになって』

「それ、ぼくが嫌いだから？」

『それはないよ。ルドヴィクさまは、なにかあったらエミルと仲良くしろと、エミルとずっと一緒にいるんだよと俺に言ってくるんだ。だからエミルのことは信頼しているよ』

「それならいいけど」

『ルドヴィクさまは……あれでけっこう複雑な性格をしているんだよ』

複雑……どういったところが複雑なのだろう。

パムパムの話によると、ルドヴィクは最近までもっと静かに暮らしていたらしい。

けれど、この前、オスマン帝国に里帰りしたあと、この国にもどってから、ああいうふうに遊び場に顔をだすようになったとか。たしかによく見ていると、そんな感じもしてくる。なにより彼は外で出されたものは決して口にしない。楽しそうに飲んでいるふりをしているだけだ。

食べ物だけでなく飲み物ですら飲んでいるところを見たことがない。

ああしていると、イスラムの王さまのようだ。オスマン帝国の皇子だけど、それでも彼は王さまになることはないと使用人たちが話していた。

どうしてなんだろうと思いながら眺めていると、彼は奥にある部屋と行ったり来たりしたあと、立ちあがって身なりを整えて玄関へとむかう。

もう帰る時間だ。

エミルもいそいで城壁の道を進み、海沿いにある邸宅を目指した。

邸宅に到着し、彼が馬をつないでいるあいだに建物の玄関へとむかう。

彼が馬を降りると、馬番が現れ、建物の門がひらく。

「お帰りなさい」

そこで彼を出迎える。

「待っていたのか?」

彼から温泉のところに咲いていた甘い花の香りがふわっとただよってきた。

「今、帰ったところ」

エミルの胸からぱっとパムパムが顔をだすと、ルドヴィクは花よりも甘く微笑する。指の関節でくいくいと彼がひたいを撫《な》でるうちにパムパムが幸せそうにゴロゴロと喉《のど》を鳴らし始める。

本当に彼のことが好きなのだ。その様子を見るたび、パムパムはいいなあと思う。自分もひたいを撫でてほしい。そしてゴロゴロと喉を鳴らしてみたい。

「パムパム、今日も可愛いな」

ルドヴィクが声をかけると、パムパムはみゃおんと声を出してその肩に飛び乗る。なにを話しているのだろう、触れていないとパムパムの言葉はわからない。でもきっとたくさん楽しい話をしているのだろう。

ルドヴィクがパムパムにキスをする。

ああ、やっぱりパムパムがうらやましい。自分もあんなふうに飛びつきたいのにと思いながら、パムパムを抱いて笑顔になっているルドヴィクをじっと見つめる。

「パムパム、大好きだよ」

パムパムのふわふわの白い毛は触れているだけで心地よい幸せな気持ちになる。

「今日も楽しく過ごしたようだな」

ルドヴィクはじゃれてくる白い猫とうれしそうに再会のあいさつをしている。

「今日は春なのに冷えるな」

「うん」

「エミルさん、お仕事には慣れましたか?」

イルハンはずっと敬語をつかってくる。

「うん」

エミルは自分もあんなふうに綺麗な言葉が話せたらいいのにと思うけれど、まだまだちゃんとした言葉遣いができない。

「今年は春が遅いな」

白い息を吐き、ルドヴィクが門から中に入ろうとすると、数人の男性が近づいてきた。イルハンが警戒した様子で腰の剣に手を伸ばす。

「――ルドヴィクさま、ちょっといいでしょうか」

物陰から現れたのは、オスマン帝国系の住民だった。

「ルドヴィクさま、皇帝に」

ルドヴィクは立ち止まり、首を左右にふった。

「すまない、私には何の力もないんだ」

「お願いです、どうか我々のために皇帝になってください」

「今のままだと我々は帰れないのです」

「私も帰れない。勝手に帰ったりしたら私は殺されてしまう。無力な存在だ」

彼がそう言い切ると、残念そうに住民が帰っていく。

「またですか」

「ああ」

「まいりましたね。大公に報告しておきます。オスマン帝国への謀反《むほん》をルドヴィクさまに嘆願《たんがん》してくるものがいると」

「できるだけおだやかに、心を寄せてくるものがいる程度に……」

「それはできません」

「どうしても?」

「はい、ここで起きたことはすべてつつみかくさず大公につたえ、皇帝にも報告する。それが私の仕事です。下手にかくすと、あなたまで謀反の片棒《かたぼう》をかついでいるとうたがわれます」

「わかっている。だが、あの程度のことで」

「あの程度ではありません。あなたが不穏分子《ふおんぶんし》とつながっていると思われないようにしなければならないのです。彼らは明日にでも大公が逮捕するでしょう」

ルドヴィクが小さく息をつく。

「その後、いつものように皇帝に使者が送られます。その返答次第では……処刑を、表向きは疫病で亡くなったという形になるでしょうけれど」

「だから人を寄せつけるなと言ってるんだ。どれだけ避けようとしても、次から次へと。護衛たちに命じておけ。二度とここに人を近づけるなと。たとえ門の前でも」

「何度もそうお命じになっていますが、それは無理です。ここにいる護衛たちはあなたを守る目的以上に、ああした不審者や亡命者《ぼうめいしゃ》をあぶりだすための皇帝の手の者もまぎれこんでいるのですから」

「それでもだ」

こうしたやりとりをエミルはこれまで何度か見てきた。

ルドヴィクの立場が微妙なことは、数ヵ月で痛いほど理解した。

この国にはオスマン帝国で問題を起こした亡命者とつながっている者や、オスマン帝国に滅ぼされた近郊の国家の人間、有力者たちもいる。今の政権をよく思っていない人間は、ルドヴィクになんとかして欲しいと救いを求める。だがそれは罠《わな》なのだ。

ルドヴィクは城塞《じょうさい》のなかでは自由に動くことがゆるされている。それを知った反乱分子たちが彼に助けを求めにやってくる。「人質」としてよその国に追いやられている可哀想な皇子なら、自分たちの気持ちを理解して、助けてくれるのではないか——と思って。

だが、そうしてルドヴィクに近づいたもののなかで、政治的に問題があった人間は、その後、逮捕されてしまうのだ。

そのことは公《おおやけ》には知らされていない。疫病で隔離という形にしているからだ。だからなにも知らない不穏分子たちは、それが罠だと知らずルドヴィクに声をかけにくる。

ルドヴィクはそうしたことに自身の立場が利用されることを嫌悪している。だがどうにもならないようだ。それ以外であっても一部の住民と親しくすると、謀反を疑われる。かといって、距離を置きすぎると、今度は非友好的なのはなにか思惑があるのではないかとうたがわれ、住民から密告されてしまう可能性もある。

むずかしいところだ。さらにそのなかに暗殺者がいないともかぎらない。

「どうぞ、早くなかに。夕飯の準備がととのっております」

出てきたのは、給仕を担当している男性だ。

「エミル、さあ一緒に夕飯を」

「あ、剣とマント、持つよ」

なかに入ると、エミルはルドヴィクに手をのばした。

「大丈夫か？」

ルドヴィクはマントを脱ぎ、ベルトごと剣をはずしてまとめるような形でエミルにさしだした。ずしっと手にかかった重みに、エミルは思わず足元をよろめかせてしまう。

帰宅のとき、一瞬だけ彼の剣やマントを持たせてもらう。見た目よりもずっと重厚《じゅうこう》なそれを手にするとエミルの胸はじぃんと熱くなる。

まだ彼のぬくもりの残っているマント、彼とずっと一緒にいたベルトと剣。こうして触れていると、離れていた時間もそばにいた気がして飛びあがりたくなるのだ。

エミルが決して見ることがない場所——宮殿で彼が過ごしている時間に触れられる気がして楽しいのだ。ただの自己満足でなんの意味もないことはわかっているけれど。

「いいから、私がきちんとしまうから」

ルドヴィクが上品な仕草で彼の荷物に手を伸ばしてくる。

「あっ、ううん、このままぼくが運ぶの」

「いいから」

「でも、ぼくはルドヴィクさまの使用人だから」

「そう、でもきみにたのんでいる仕事は愛猫《あいびょう》の世話だ。好奇心から持ちたいと思うなら持ってみるのはいいけど、これを運ぶのも武具の手入れもきみの仕事じゃない」

エミルの頭をくしゃりと撫でてパムパムと交換すると、ルドヴィクはイルハンに剣やマントをわたして奥の広間にむかって進んでいった。

「さあ、夕飯に行くぞ」

毎日同じやりとりをしている。飽きもせず、同じことをしようとするエミルにルドヴィクはつきあってくれる。

「エミル、好きなだけ食べなさい」

広間にいくとテーブルに二人分の食事が用意されている。

彼と一緒にご飯を食べる時間が大好きだ。彼は基本的には他人とは食事をしないらしい。イルハンやほかの使用人は食卓を一緒にはしない。そばにたたずんで、彼の食べ物に万が一にでも異物が混入したりしないか調べているようだ。

給仕が香ばしい香りのするパンを並べたトレーを持って現れる。毎日のご飯はおいしいものばかりだ。

「食事は足りているか」

「あ、うん。多いくらい」

本当にとても優しい。それは特別な気持ちからではなく、彼の性質がそうなのだ。

酢漬《すづ》けのオリーブとキャベツ。獲《と》れたてのタラの揚《あ》げ物。じっくりとかまどで蒸し焼きにした蒸し鶏《どり》とホクホクのレンズ豆。イカ墨《すみ》の香ばしいリゾット。プリプリの甘エビ。牛の挽肉《ひきにく》をたっぷり詰めたパプリカ。どれも信じられないほどおいしい。

ライ麦のサクサクしたパンには、甘い香りのするハチミツをたっぷりとかける。

レンズ豆は噛み締めると、ふわっとやわらかな食感で、口内でとろけてくるので大好きだ。キャベツがこんなにおいしい野菜だったなんてここにくるまで知らなかった。蒸し鶏も肉の旨《うま》みがたっぷりと感じられて、次にきたパンも焼きたてのふかふかで優しい味をしていた。

「エミル、好きなだけ食べていいよ」

毎日これも同じことをくりかえしている。ご飯を食べるたび、ルドヴィクはいつも同じように好きなだけ食べろと言ってくれる。

「十分だよ、ぼく……こんなにおいしいご飯食べたことない」

笑顔で伝える。けれどどれほどおいしいご飯を口にしても、ルドヴィクさまから最初にもらったレンズ豆とビーツのスープほど、心も体もあたたまる食べ物はひとつもないと思う。あのとき、エミルはルドヴィクから命をもらったのだ。あれは命のスープだと。

「それならよかった。ここは海が近いから、魚の料理が多いが、平気か？」

給仕がオリーブオイルで揚げたタラにガーリックの粉末とレモン汁をかけてテーブルに置くと、ルドヴィクは優雅な仕草でその皿をエミルの前に移動させた。

「うん、平気だよ。すごくおいしいね、これ。レモンの酸《す》っぱさが染みて。あ、でもオスマン帝国は何もかけないで食べるの？」

ルドヴィクはどの料理も調味料をかけないようだ。それが不思議でエミルは問いかけた。

「いや、どうだったかな。ここで出しているのはこの地域の料理だが」

「故郷の食べ物……作って食べないの？」

問いかけると、ルドヴィクは困ったような顔をしたあと、ボソリとつぶやいた。

「なにを食べていたのかおぼえていないんだ。私は生きるために必要なものが食べられればそれでいいから。エミルは？　オスマン帝国の食べ物が食べたいか？」

今度はエミルが困ってしまった。そんなにたくさんの食べ物を知らないからだ。知っているのは三つくらい。

「ん……わからない」

「ふだんはなにを食べていたんだ？」

「んとね、修道院のときはスープと道端の草と……サーカスのときは薄焼きパン……あ、でも羊飼いさんのところにいたときはいろんなもの食べたよ。羊飼いさんはお金持ちだったので、おいしいものがたくさんあった」

「なにが好きだった？　好きなものを作ってもらうようにしよう」

「んとね、好きなのはとっても甘くておいしいバクラヴァでしょ、ひよこ豆をつぶしたフムスでしょ、あとパンに挟んだケバブも。親指の大きさずつくらいしか食べたことないけど……ルドヴィクさまは？」

「……どれも知らないな」

皇子さまだから知らないのだろうか。もっといいものを食べていたのだ、きっと。

「食べてみたくない？」

ルドヴィクは返事に困っているようだった。本当に食べ物はどうでもいいらしい。

「あ、あの、じゃあさー、ぼく、作ってもいいー？」

「作れるのか？　それはすごい」

ちょっと意外そうにルドヴィクが問いかけてくる。エミルは笑顔でうなずいた。

「んとね、バクラヴァだけ、知ってるの。羊飼いさんのところで、作ってるの、見たことがあるから」

「見ただけなのか？」

「ん……ぼく……作ったことなくて……あ……ううん、やっぱりいい、見ていただけだし、作るの、無理だよ」

そうだ、思い出した。やけどのあとが汚いから、厨房には入るな、自分が口にする食べ物以外には触れるなと言われていたのだ。それなのに作るなんて。

「どうして？　作ってみればいいじゃないか」

「作ったら……食べる？」

「あ、ああ。そのために作るんじゃないのか？」

ルドヴィクは汚いと思わないのだ。そのことに胸の奥にじんわりとしたあたたかさが広がって鼻の奥がツンと痛くなった。幸せなとき、ツンとする。うれしいとき、ツンとする。ルドヴィクと会ってから、エミルは毎日ツンとした心地のいい痛みを感じている。

「うん、じゃあ作るね。バクラヴァ、作るよ」

食べてくれるならがんばって作ろうと思った。世界で一番おいしいと思ってもらえるようなお菓子を作ろう。

「ありがとう。ところで、エミル、他になにかしたいことはないか」

「勉強、したい。きれーな言葉、話せるようになりたい、イルハンさんみたいに」

「そうか、じゃあ私が教えよう。明日から夕飯のあと、少しずついろんなことを」

「いいの？」

「ああ。その代わり、エミルにたのみがあるんだ」

「いいよ、何でも言って。ルドヴィクさまのたのみなら、ぼく、何でもするよ」

エミルはテーブルに身をのり出した。

「それはありがたい。じつはね、ティビー公子《こうし》を、今度、動物園に連れていっていいか？」

「目が見えない公子さま？」

知っている。かわいい公子のティビーさまだ。遠くから見たことがある。

「そう、彼は動物が大好きなんだ。だけど体が弱くてなかなか外に出られなくて。でも最近元気になってきて、ようやく医師の許可が出て」

ルドヴィクの話では、それでも目が悪いので、もしものことがあったら心配だから……と父親である大公がなかなか許可を出してくれなかった。だが、ルドヴィクが一緒なら安全だろうということで特別に許可がおりたらしい。

「ティビー公子は動物と触れあいたいみたいなんだ。エミルがいると、動物と話もできるし、安心だ。だから一緒に案内してくれないか」

「いいよ、ぼく、案内するよ」

「ああ、たのむよ。安全だというのがわかったら、週に一度、動物園に遊びに行ってもいいと許可してもらえそうなんだ」

「そーなんだ、うん、ぼく、みんなにおとなしくするよう伝えるね。ティビー公子と友達になってと言っておくよ」

「ありがとう、エミル」

彼の言葉がうれしい。自分を信頼してくれていることにエミルの心はあたたかくなってまた鼻の奥がツンとしてきた。

「では、そろそろ休もう。明日も早い。おやすみ」

ルドヴィクはむかいに座っていたエミルに近づくと、髪を撫でたあと、ほおに手を伸ばしてきた。やけどのあとのあるほうだ。だれもさわろうとしないのに。

触れると、自分も悪魔の穢《けが》れが移ると言って、忌《い》み嫌うひとが多いのに。彼の手のひらから伝わる素肌のあたたかさがほおを包みこみ、心まで撫でられているように感じる。

「いいんだよ、エミル、外で待ってなくても」

見あげると、ルドヴィクの優しい瞳と目があう。

「さっき、きみに触れたとき、とても冷たかった。でも今はあたたかい。長い時間、外で私を待っていたんだね」

待っていたのではなく、城壁からずっと見ていた……と言ったら、引かれるだろうか。気持ち悪いと思って嫌われるだろうか。でもそんなことに気づいてくれた繊細《せんさい》な彼の心づかいがうれしくて、エミルは正直にこたえることにした。

「待っていたんじゃないよ。ぼくも動物園から帰ったばっかりだったから」

「あんなに遅くまで?」

「見ていたんだ、ルドヴィクさまのこと」

「え……」

「大人の遊び場、楽しそうなルドヴィクさまを見ていたの」

「あそこにいたのか?」

「ううん。要塞の城壁の一番高い塔の窓から」

「ああ、あのはりだした窓から」

「そう、あそこからよく見えるの。きらきらしたお風呂も、きらきらした女のひとたちも」

「エミル……どうしてそんなことを」

一瞬、困ったような、照れたような、なんともいえない複雑な目をむけたあと、彼はもう一度エミルの髪をくしゃくしゃと撫でた。

「ルドヴィクさまのことを見ていたいから」

するど彼は突き放すように言った。

「やめろ」

「……っ……」

「いや、そうじゃなくて、寒いからやめろ。行きたいのなら今度連れていってやるから」

そのとき、自分に触れているルドヴィクの気持ちが伝わってきた。嫌がっている、迷惑だと思っている。

「ううう……う……うん」

行きたいわけじゃないけど、そう言ったほうがいい気がしてエミルはうなずいた。ルドヴィクが自分をよく思っていないとわかったら、また言葉が詰まってしまった。

「遊びに行きたかったのか？　そういえば、エミルも年頃の男だもんな」

こちらの気持ちを違う意味で解釈している。年頃だとどうして遊びたいのかわからないけれど、ルドヴィクの言葉をそのまま復唱《ふくしょう》した。

「ううう、うん、あああああ、遊びた……い……ぼぼぼ……ぼくも……としごろの男だから」

そう口にしたとたん、彼から嫌な感情が消えた。遠くから見つめられるのは困るけれど、一緒にあそびにいく分にはかまわないのだ。

それに気づき、ホッとしたらまたちゃんと言葉が出てきた。

「一緒に行ってもいいんだ」

「ああ、エミルももう大人に近い。遊びをおぼえたらいい。他の人間が少ない日を選んで、一緒に行こう。そのほうがゆっくりできる」

「いつ？」

「そうだな、四月のイースターのときがいい。この国の人間はカトリックだ。聖なる日に遊びに行ったりはしない」

「ルドヴィクさまは違うの？」

「一応、私はムスリムだからね。エミルは東方正教会《とうほうせいきょうかい》でいいのか？　たしかそこの修道院で育ったんだったな。イースターは？」

「大丈夫、ぼくは違うから」

「違う？」

「うん、ぼくは何も宗教ないの。ぼくが信じているのはルドヴィクさまだけだから。ルドヴィクさま以外、信じたくないの。ルドヴィク教の信徒なんだ」

思わず口から出た言葉に、一瞬、ルドヴィクがひどく険《けわ》しい顔をした。

「私以外……？」

「そーだよ、ぼくの命はルドヴィクさまのものだから」

どうしたのだろう、ルドヴィクの顔が少しずつひび割れていく気がする。醜い人間からこんなことを言われて嫌がっているのだろうか。

「ぼく……ルドヴィクさまが生きろと言ったからここにいるんだよ。でも何も望んでないよ、こっちが一方的にそう思ってるだけで。置いてくれているだけで」

少しでも気持ちを理解してもらおうと懸命に言葉をつむぐのだが、ルドヴィクからただよう空気がどんどん重くなっていく。

「それも困る」

エミルから視線をずらし、ルドヴィクは窓辺に移動して外を見つめた。

「そういうのは好きじゃない、やめてほしい」

「ぼ……ぼくが醜いから？」

「それはない、そんなことは関係ない」

「……じゃあ……」

「私に好意を持たないでほしいんだ。好きになられてもなにもできない。そういう感情は……重荷で……困る。負担に感じる」

それはうっとうしいということなの？

「ご……」

ごめんなさいと言いたかったが、言葉が出なくなった。どうしよう、何も口にできない。そんなエミルの状態に気づくことなく、ルドヴィクは窓に視線をむけたまま小さく息をついた。

「私は人としての義務以上にエミルに親切にする気はない。パムパムの世話、それからティビー公子の友達になってくれることへの代価は払う。だが……」

刃《やいば》のように鋭《するど》い言葉に感じられ、エミルは硬直した。

「エミルが十分に生活できるようにはする。遊びたいなら、一緒に大人の遊び場に行こう。服も食べ物も寝るところも不自由はさせない。優しくもする。でもそれは仕事に対しての感謝からだ。そこに特別な感情はない」

必要ない、感情は欲しくない。その言葉に体の奥が凍っていく。

そうか、さっきもそうだ。彼はこちらが彼を好きになることを望んでいないのだ。

——そうなの？　好きになることもだめなの？

問いかけるように見つめるエミルから視線をずらしたまま、彼は足元に近づいていったパムパムに手を伸ばした。

みゃおんみゃおんとパムパムが彼の腕に飛びこむ。

ゴロゴロと喉を鳴らすパムパムを彼は本当に大切そうに撫でている。ほおをすりよせ、ひたいにキスをしている姿をエミルは切ない気持ちで見つめた。

彼はパムパムのことをとても愛している。

エミルに親切にしているのは、パムパムの世話係として。

醜いことに対する嫌悪はない。バカでもなにもできなくても彼はエミルを嫌ったりはしない。けれど好きにはならない。

それはわかっていたけれど、好きになってもいけないのだ。

そのことをはっきりと実感したとき、エミルは自分がどんな気持ちでルドヴィクのことを思っているか自覚した。

——そうか……ぼくは……。

彼のことが好きで好きでしかたないのだ。あんなふうに抱きしめられたい、あんなふうにキスされたい……そんな想いを彼に抱いていたのだ。

胸の奥にひんやりとした空気が駆けぬけていく。あの雪の谷に落ちていったときとは違うのに、どうしたのだろう、しんしんとした雪が胸を埋《う》めていくようだ。

ぼくはバカだ、と思った。ぼくはどうして、今、こんな気持ちに気づいたのだろう。こんなにも彼が好きなことにどうして。

「エミルはこの子の世話をしてくれたらそれでいい」

くるっと背を向けてルドヴィクは「おやすみ」とつぶやき、パムパムを抱いたまま部屋をあとにした。パムパムの世話だけ。エミルは立ち上がって後を追おうとしたけれど、急に体の力が抜ける気がして、その場にひざからくずれていった。

「……」

わかった、わかったよ、それでもいいよ、ぼくなにも望まないから、安心して——と口にしたかったけれど、喉《のど》からなにも出てこない。

伝えることのできない言葉の代わりに、すさまじい勢いで視界がぼやけ、瞳から涙が流れ落ちていった。


その翌週、これ以上ないほど綺麗な青空が広がる日の午後、ルドヴィクは動物園にティビー公子を連れてきた。

もちろんたくさんの騎士たちが護衛としてついてきていた。

動物専用の施療院は、海に面した波止場《はとば》の近くにあり、ザザ、ザザという海の音がとてもよく聞こえてくる。

カモメたちが上空を飛ぶなか、石造りの施療院の建物の横の中庭に、板でくぎった一角を作り、そこにそれぞれ動物を放っている。

ロバは放し飼いにしていても大丈夫だけど、虎や熊や狼《おおかみ》は危険なので、特に高い鉄の柵《さく》になっていた。

ここにいる子たちはだれかを襲ったりはしないのだけど、一応、住民の平穏を守るためにそうしないといけないらしい。

ルドヴィクに抱かれ、ティビー公子は楽しそうに狼の檻《おり》の様子をうかがっていた。狼がうおおんうおおんと声をだすと、ティビー公子は明るい笑みを見せた。

「ルドヴィク、これが狼の声?」

「そうです」

「あとで檻に入って触ってみる?」

エミルは声をかけた。念のため、さっき狼に訊いたのだが、『公子ならいいよ、かわいいから』という声が聞こえたので、触っても平気だ。

「触ってもいいの?」

「うん、ぼくが一緒なら大丈夫だよ。狼はルドヴィクとも仲良しだし」

「あっ、もしかして、ルドヴィクのお友達のエミル？」

「は、はい、初めまして、ええっと……エミルです」

ルドヴィクから教わった敬語をつかって、エミルはドキドキしながらあいさつした。

「うん、よろしくね」

甘い砂糖菓子のようなふわふわとした雰囲気の三歳の男の子。なんて可愛いのだろう。エミルは一目で彼を好きになった。

「虎さんも熊さんも狼さんもロバさんもあたたかい気持ちで触れると、みんな、すごくやさしいから。あ、でもおサルさんにはお菓子を取られないよう気をつけてね」

やっぱりまだうまく敬語が使えないので、エミルはいつものような口調で話しかけた。そのほうがティビー公子と仲良くできる気がしたのだ。

「おサルさんって、かしこいんだね」

「うん、とっても。きっとぼくより」

目が見えないのもあり、ふつうなら、みんなが変な顔をするエミルの顔半分も彼は気にならないようだ。

エミルは動物たちの檻のなかに入り、ティビーの手をみちびいてそこにいる動物たちの背を撫でてもらうことにした。やはり虎や熊や狼の檻に入るのは危険ではないかと心配する警備兵たちの意見もあり、今回は危険ではないロバやサル、ウサギやアヒルなどにしてみた。

「すごいすごい、みんな、ふわふわしている。それにみんな少しずつ違う」

感動しているティビー公子に、ルドヴィクが「ええ、鳴き声と同じで、毛もみんな違います」と答えている。

「楽しい？」

エミルが問いかけると、ティビー公子はニコニコと笑って言った。

「うん、みんな、かわいいね」

「友達だから。どの子もティビー公子さまを友達だと思ってるよ」

「ぼくとも友達なの？　ほんとに？」

「うん、動物たち、みんな、ティビー公子さまのことが好きみたいだよ。もともとの名前も近いし、もう少し慣れたら虎さんにも触ってみたらいいよ、あと狼さんも」

虎は、この国ではティガル、エミルの育った修道院ではティグリスという。

「わかりました、では今日は檻の前で……」

ルドヴィクはティビー公子を抱いて虎の檻へとむかった。がるるるがるるるという虎の声が聞こえ、ティビー公子は感動したように笑顔になった。

「これが虎の声なんだね」

「そうです」

「ルドヴィク、虎って、どんなの？」

「虎はこの国にはいない生き物。東の方からやってきた肉食獣で、多分世界で一番強くてかっこいい動物の王様のような存在です」

「そうなの？」

「はい」

「わああ、すごいなあ、触りたいな。エミルは触れるの？」

「うん、仲良しだよ。昔、一緒にサーカスにいたんだ。そこでね、ポーンと飛んで火の輪をくぐったりしてたんだよ」

「ええええっ、一緒に飛ぶの？」

「そう。背中にも乗せてもらったことがあるよ。とってもやさしいんだ。ね、虎さん？」

エミルが話しかけると、虎ががるるがるると声をあげる。

「喜んでるよ。今度、ティビー公子さまも触ってみようよ。子供のとき、ワンコと一緒にいたからお手もしてくれるんだよ」

エミルがそう言うと、ティビー公子は不思議そうにこちらに意識をむけた。

「え……」

「エミルはすごいね」

「みんな、危険だからダメっていうのに、エミルはしていいって言う」

ティビーの言葉にエミルは反論した。

「危険じゃないよー。危険なときもあるけど、ぼく、ちゃんと虎の気持ちを確認するよ、だから大丈夫なときにだけ触れるようにするよ」

「そう、エミルは虎の気持ちも言葉もわかるからな」

「そうなんだ、すごいすごい」

ティビー公子がはしゃいだ声をあげる。天使みたいにとっても可愛い笑顔で、エミルも釣られたように微笑した。

「すごいのかー、うれしいなあ、そんなふうに言われると」

「うん、すごいよ」

「ありがとー」

笑顔で言ったエミルにティビー公子が手を伸ばしてくる。触れたがっているのはわかったけれど、気後《きおく》れしてエミルは少しあとずさりかけた。だが、次のティビー公子の言葉にエミルは動きを止めた。

「エミル、友達になって」

「……ぼくがティビー公子さまの？」

「うん、仲良くなって。ティビーって呼んで」

「でも、ぼく、醜いよ。やけどのあとがあって、呪われてるって言われてる」

「そうなの？　でもいいよ、そんなこと。ぼくはエミルの友達になりたい」

そんなことを言われたのは初めてなので、エミルは思わず泣いてしまった。友達、友達、友達……自分に友達ができるなんて夢のようだと思った。

「どうして泣くの？」

「そんなこと、初めてだから」

するとティビー公子は手を伸ばし、そっとエミルのほおにふれた。そのまま手探りで涙をぬぐってくれたのだ。

エミルは驚いて息を呑んだ。彼の手から伝わってくる好意。嘘偽りなく、自分への悪意がないことがはっきりと伝わってきて鼻の奥がツンとしてくる。

ルドヴィク、それからおじいちゃん先生に次いで三人目だ。

それがうれしくてもっと泣いてしまいそうになったけれど、そこにものすごい悪意のようなものを持っている人間の視線を感じ、エミルは硬直した。怖い。ピリピリとした空気がどこかから流れてくる。

「ルドヴィクさま、ティビーさまとこっちへいらしてください。甘い菓子を用意したので」

ヤーコブ先生がふたりをよび、ルドヴィクとティビー公子とが施療院の建物の中に入っていくと、その視線の主《ぬし》が現れた。

赤いドレスの上品な女性——カロリナ公女だ。以前に宮殿の前で見かけたことがある。みんなが公女だと話していた。なぜか供《とも》もなく、ひとりで人目を避けるようにしている。

「あなたがルドヴィクの連れてきた従者？」

笑顔をむけられたが、怖かった。目は笑っていないし、汚いものでも見るようなまなざしだというのがわかる。いつもよく浴びているものだ。けれどさっき感じた悪意のようなものはない。勘違いだったのか、だから、喉からはふつうに言葉が出てきた。

「はい、よろしくお願いします」

不思議だ。汚い、醜いものに対する蔑《さげす》みのような感情は伝わってくるけれど、それ以上のマイナスの感情はない。むしろエミルに歩み寄ろうとしている気配を感じた。なにかこちらのことを知りたいという積極的な感情が伝わってくる。

どうしてだろう、どうして彼女はぼくにそんな感情を……。

不思議に思ったエミルに、カロリナ公女は少し言いづらそうにしながら口をひらいた。思い切った様子で、息を吸って、目が消えそうなほど細め、はりついたような笑顔で。

「ねえ、あなたに仕事をたのみたいんだけど」

仕事？　突然の言葉に「え……」とエミルは首をかしげた。

「ぼくに……ですか？」

「ええ、あなたにぜひ。ルドヴィクには秘密で。お願いできない？」

「でも」

勝手にそんなことをしていいのだろうか。ルドヴィクに秘密だなんて。

「たいしたことじゃないのよね。ただ、女性の私だとしらべにくいことなの。いつもルドヴィクが宮殿の帰りに寄っている温泉施設があるでしょう？」

「あ、はい、大人の遊び場ですね」

「あなた、行ったことは？」

「ぼくは入ったことありません」

今度、連れていってくれるとは言っていたけれど。

「それなら金貨を渡すから、あそこに入って、ルドヴィクの恋人がどんな人なのか確かめてきて欲しいの。私が入るわけにはいかないし、女官にたのむこともできないし」

「ルドヴィクさま……恋人がいるんですか？」

「そう、あそこにルドヴィクはとても好きなひとがいるらしいの」

好きなひと……その言葉に、胸が軋《きし》むのを感じた。

「今度……イースターのときに一緒に行くことになってますけど」

「だったら、そのとき、どんな女性だったか見てきて」

「はい。でもそれなら、じかにルドヴィクさまに聞いたほうが」

「それができたら、あなたに頼んだりしないわよ」

「すみません」

「あなたは見てくるだけでいいの。どんな風貌《ふうぼう》で、どんな雰囲気の女性が彼の好みなのか知りたいだけなんだから」

「どうして」

「そんな女性になれるよう努力するの」

意味がわからず、エミルがきょとんとしていると、彼女はクスッと笑った。

「彼と結婚したいの」

「ええっ」

思わず驚いた声をあげた。

「彼が好きなの。でも私は好かれていないわ。食事にさそっても他人と食事はしないからと言って断ってばかり。まったくうちとけてくれないの。ティビーにだけは優しいけど」

「ティビーさまにだけですか？」

「残念だわ、打ち解けてほしいのに……彼は夜の月のように魅惑的な男性よね。どこかまがまがしくて、危険な雰囲気もしているし、甘い毒のようなところもある」

「だから好きなんですか？」

「ええ、それに身分的には問題ないわ。私はこの国の総督《そうとく》の妹、彼はオスマン帝国の第二皇子。ぴったりでしょう」

そうなのか。よくわからないけれど、きっとそうなのだろう。

「でもね、彼ね、私との結婚話が出ているのに、あそこに好きなひとがいるからと言って断ってきたの」

「ルドヴィクさまが？」

「そう、私との結婚が一番いいのよ。そうなったらこの国の平和を保《たも》つことができるし、ルドヴィクも大公の親族として生きていくことができて、オスマン帝国から狙われることも無くなるはず。敵国からきた人質という立場は不安定すぎるでしょう？」

カロリナ公女の話によると、今のままだとルドヴィクの命が危ない。オスマン帝国の皇帝が亡くなり、次の第一皇子が皇帝になったら、彼は殺されてしまう。その前にカロリナと婚約すれば、ラグサ共和国の総督の親族として、もう手出しを受けることはなくなるということだ。

その証拠にルドヴィクと交換という形でオスマン帝国に行った彼女の従姉《いとこ》はそのまま第一皇子の後宮《こうきゅう》に入り、一男一女を産み、寵姫《ちょうき》としての地位を磐石《ばんじゃく》にさせているとか。

「私はティビーから大公の地位を奪う気はないの」

「は、はい」

「でもこのまま兄の大公になにかあったら、この国は脆弱《ぜいじゃく》になる。ティビーがもう少し大人だったら。せめて、あと十歳。だからそれまでルドヴィクが親族となって、彼の支えになってくれたらどんなにたのもしいか」

そのとおりだ。それはエミルにも理解できた。

「あるいは、あの子の目が見えたら」

それもたしかにそう思う。

「ティビーの目が見えないのは、魔女の呪いがかかっているからよ」

「え……じゃあ、呪いが解けたら見えるようになるのですか？」

「そうね。でも憎しみの焔《ほのお》、それを消さないかぎり無理だって占星術師《せんせいじゅつし》が言っていたわ」

「だれが憎んでいるのですか？」

「前の大公妃《たいこうひ》よ。殺されてしまったけど、彼女の呪いが解《と》けないかぎり、ティビーの呪いは消えないの。彼の目は見えないままなのよ」

「呪いはどうやって」

「さあ、そこまでは。占星術師からはそこまでしか聞いていないの」

「……そうですか」

「それより、たのんだわよ、ルドヴィクの恋人がどんなひとなのかたしかめてきてね」


ルドヴィクさまの恋人。どんな人なのか、それはエミルも知りたかった。

イースターの日になればわかる。どんなひとなのか。

けれどその日からルドヴィクは「大人の遊び場」には顔を出さず、宮殿からそのまま邸宅まで帰ってくるようになった。

帰り道に待ち伏せをする人間が増えたかららしい。陳情をうったえてくる者もいれば、刺客《しかく》かもしれない者まで。

それもあり、宮殿に行き来するコースを変えるようにしていた。

彼も彼の恋人もかわいそうだなと思った。イースターには行くつもりのようだが、それ以外はひかえるようにしているみたいだ。

恋人に会いたくないのだろうか。

それからは、むしろ動物園で働いているエミルのほうが彼よりも帰宅が遅くなってしまうほどだった。エミルに対しては本当にパムパムの世話係として大切にしてくれてはいるが、使用人として以上の価値はないと思っているようだ。

だから自分に言い聞かせる。ルドヴィクさまに恋はしない。ルドヴィクさまからもなにも望まない。

――いいじゃないか、いいんだ、これで。こうして暮らせるだけで。

帰る場所がある。あたたかい家がある。そして大好きなひとがいる。

「それだけで幸せだよね。好きでいるくらい自由だよね」

胸のなかのパムパムに話しかけると、パムパムがみゃあみゃあと答えてくれる。

『ルドヴィクさまは、エミルのことが好きだよ。だから好きにならないでほしいし、これ以上、好きになりたくないって思っているんだ』

他の人には鳴き声にしか聞こえないが、エミルにはちゃんとした意味がはっきりと伝わる。

そんなパムパムの言葉に、エミルは首をかしげた。

「そうなの？　でもどうして？　好きなら好きでよくない？」

『あーあ、エミルは子どもだな。まあ、そのうちわかるよ。大人の男ってのはいろいろと複雑なんだよ』

「わかるの？　パムパム、そんなこともわかるの？」

『まあ、これだけ生きていれば、いろいろわかるさ。ルドヴィクさまとももう長く一緒にいるからな、あれでもだいぶ人間らしくなったんだ』

最近、パムパムはちょっとお兄さんぶってこんな会話をするようになった。

赤ちゃんのときに出会ったからずっと小さいままだと思っていたけれど、猫は人間とは成長のスピードが違う。今ではルドヴィクよりも年上だ。そのせいか、なんだかとてもたのもしく感じられ、話すたびにどんどんパムパムが愛《いと》しくなっている。

「ルドヴィクさま、人間ぽくなかったの？」

『うん、昔は群れからはぐれた狼みたいだったな。対人関係が下手っていうか、うまく他人と調和できないっていうか。ずっと書斎にこもって楽器を弾《ひ》いたり本を読んだり。大人の遊び場に顔を出して、みんなと遊べるようになっただけでも進歩したほうなんだ』

「そーなんだ」

『だからさ、大きな気持ちで包みこむように彼を愛したらいいよ。エミルにはそれができると思うよ』

こうしてパムパムから昔のルドヴィクの話を聞くのは好きだ。自分が知らなかったころのルドヴィクさま。過去の一分一分、一秒一秒のルドヴィクのすべてを抱きしめたくなる。それが今の彼を作ってきたのだと思うと、なにもかもがとても尊《とうと》くて大切なものに感じられるのだ。

「ありがとう、パムパム。ぼく……がんばるね」

彼のおかげでちょっとだけ切なさが癒《いや》される。

気持ちが軽くなったころ、ちょうどルドヴィクの邸宅に到着した。

一応、彼の住居の門には警備兵がいる。ほかに番犬として放たれた狼犬《おおかみけん》たちがいるが、そんなに厳重という感じはしない。

「あ、ちょっと犬にあいさつしてきます。パムパム、先に入って、ルドヴィクさまにあいさつしておいで」

エミルは番犬とも仲がいい。ルドヴィクも動物とは仲がいいみたいで、番犬たちから好かれている。エミルは狼犬たちにあいさつにいき、彼らから、その日のことを聞くようにしていた。そしてそれをルドヴィクに報告するのだ。

『狼犬たちが言ってたよ、今日は裏の門のあたりにオスマン帝国の人たちが集まっていたので、いっぱい吠えて蹴散《けち》らしたって』

『今日もまたいたよ。明日、ルドヴィクさまになにか訴《うった》えようと相談していたみたい。野良猫やカモメたちから聞いたって言ってたよ』

狼犬たちは、この街の野良猫やカモメたちとも仲良くなってくれた。エミルがたのんだ。この街で起きていることをすべて狼犬たちに教えてほしい。ルドヴィクさまを守るために協力して欲しいと。だからこの街のことをみんなが狼犬に報告にきてくれ、それを彼らはエミルに教えてくれる。

そのおかげで以前のように、ルドヴィクに嘆願《たんがん》にやってくるものはいない。彼らがこないよう番犬たちが追い払ってくれるようになったのだ。

そのことをルドヴィクに伝えると、彼はエミルに感謝の言葉を伝えた。

『ありがとう、それは助かる。よけいな血が流れなくてすむ』

『ぼく、助かることをしたの？』

『ああ、助かる。きみがそうやって動物と話ができることで、何人もの命が助かっているんだ。無駄な処刑、逮捕も回避できる。本当にありがたい』

そうなんだ、自分が役に立っているのだ。ひとの命を助けているのだと思うと、瞳からあたたかい雫《しずく》が流れ落ちていった。

『どうして泣く』

『だってすごいよ、すごいことができたんだ。ああ、すごいね。ぼく、ひとの命を助けたんだよ。死ななくて済んだひとがいるなんて』

『そうだ、罪をおかしているわけでもないのに、私に話しかけるだけで処刑されてしまう人間がいるんだ。エミルはそのひとたちを助けたんだ』

『そーなんだ、うれしい……すごくうれしい』

エミルはその場にしゃがみこみ、声をあげて泣いた。

子供のとき、教会の墓場で死体を埋《う》める手伝いをしていたときのことを思いだしていたのだ。死体のなかには処刑されたひともいた。首を刎《は》ねられた死体。首吊りになった死体。死ななくていいひとを助けた。あんなふうにならずに済んだのだ。

それがうれしくて泣いていると、ルドヴィクがそっと手を伸ばしてきた。涙を拭《ふ》いてくれるのかと思ったけれど、彼はすんでのところで手を引っこめると、その代わりにパムパムがふわっと肩に飛び乗ってきて、エミルのほおの涙を舌でぬぐってくれた。

『ありがとう、うれしいって、ルドヴィクさまも感謝してるよ、本当はエミルの肩を抱きしめてそれを伝えたいんだよ。でもね、ルドヴィクさまは心のままに行動するのが恥ずかしいんだよ』

というパムパムの声が聞こえてきた。

——最近、少し慣れてきた……ルドヴィクさまのそういうところ。

いつもとてもやさしい。言葉も態度も。でもそこから一歩だけ進んだ特別なやさしさを示したいとき、彼は感情をひっこめてしまうようだ。

それがわかるからなにも望まない。ただ彼が喜んでくれているんだと思うと、もっともっとたくさん動物たちと話をして、役に立ちたいという気持ちで胸がいっぱいになるだけだ。

そんなことをくりかえしているうちに狼犬たちとのおしゃべりもエミルの仕事となった。

仕事が増えるのはいいことだ。彼のために役に立つことがエミルの生きがいなのだから。

——今日はどうだったのかな。

庭園をぬけた先の狼犬のいるエリアにはルドヴィクの書斎があり、窓から彼の様子もそっとながめることができるので好きだ。

ヴェネツィアのイタリアの貴族の館《やかた》のような外観と違い、書斎や庭園のある奥の一角はルドヴィクの故郷オスマン帝国のイスラム風の空気がただよう。

白と黒とターコイスグリーンの綺麗なタイル、ていねいな幾何学《きかがく》模様が織りこまれた絨毯《じゅうたん》、それから東洋の香木《こうぼく》特有のエキゾチックな匂い。

ここにくると、エミルはオスマン帝国に帰ったような気持ちになる。

「ただいま。今日はどうだった？」

狼犬に触れると、今日、火薬という新しい武器がしかけられ、それで警備がさらに厳重になされるようになったと伝わってきた。

『ぼくたち番犬も、一匹だけ怪我したんだよ』

狼犬はそんなふうに語っていた。

「怪我は？　ヤーコブ先生、呼んでこようか？」

『大丈夫、ルドヴィクさまが綺麗に洗って包帯を巻いてくれて、今はあたたかい小屋で眠っているから』

「そう？　みんな、気をつけてね」

ルドヴィクのまわりに、常にただよっている危険なにおい。人質という立場上、ルドヴィクがいつも危険と隣りあわせの状態だというのはわかっている。

安全になるのに、どうしてカロリナ公女とは結婚しないのか。好きな人がいるから縁談を断ってきたとカロリナ公女が話していたけれど、あの場所にいるだれかと結婚するのだろうか。

たくさん綺麗な女性がいた。いつも彼のまわりには大勢の大人の女性がいたものの、遠くから見ていただけなので、エミルにはどんな女性が彼と親しくしていたのか、細かなことまでわからない。

「じゃあ、明日も警護をたのんだよ。でもくれぐれも気をつけてね」

狼犬たちにそう言ったあと、エミルは中庭から彼の書斎をいちべつした。

木枠《きわく》の窓から灯《あか》りがうっすらと漏れ、そこからルドヴィクが演奏するウードの音が聞こえ始めた。思わずエミルは足を止めた。

格子状《こうしじょう》になった窓のむこうに、ルドヴィクの姿が見える。暗い部屋のなか、赤や緑、それから紫色のキャンドルホルダーが彼の横顔を淡く浮かびあがらせていた。

彼はウードを演奏するとき、ふと淋しそうな顔を見せる。

帰れない故郷を思いだしているから?

聞いた話によると、ルドヴィクは故郷では自由のない暮らしをしていたらしい。十三歳になるまでずっと牢獄に幽閉《ゆうへい》され、たまに森を散歩することしか許されなかったとか。

そんな故郷でも恋しいのだろうか。

知りたい、彼のことをもっともっと……と思ったとき、そうだ、自分は彼のことをなにも知らないのだと気づいた。

パムパムが大好き、狼犬が大好き、ティビーと仲良し、ウードが得意、ダンスも語学も得意、弓も得意、でも剣は苦手、カロリナ公女との婚約を断った、大人の遊び場に恋人がいる、人の血が流れるのが好きじゃないというのも知っている……。

けれどそれはすべて小さなことだ。

彼がなにを思って生きているのか、彼が将来どんなふうにして生きたいのか、彼が人質という立場をどう感じているのか、故郷を愛しているのか、彼に人質になれと命じた父親の皇帝をどう思っているのか——そういうことを知らない。

故郷に帰りたいのか、ここで生を終えたいのかも。

次に帰るときは皇帝が亡くなったときだ。それは同時に彼が殺されるかもしれないときを意味するらしい。

カロリナ公女と結婚したら、その心配はなくなるのに。少なくとも公女はルドヴィクのことが好きだ。それでも、自分の身の安全よりもルドヴィクは「大人の遊び場」にいる恋人が好きなのだろうか。他の人と結婚したくないと思うほど。

彼の心がよくわからない。パムパムからの情報で、少しだけわかったような気持ちにはなるけれど、深くまでは見えない。

そんなルドヴィクの心の奥に秘められたものが音楽の奥にかくされている感じがする。だから彼が故郷の楽器を演奏しているとき、エミルはその音のむこうになにか感じられないか、見えないかと、心を研《と》ぎ澄ませ、じっと耳をかたむけるようにしていた。

その淋しそうな横顔はどうしたら幸せでいっぱいになるのだろう。自分はそのためになにができるのだろう。

4　エミル――独占欲

その翌週、イースターの日、ルドヴィクはエミルを「大人の遊び場」に連れていってくれた。

彼と同じように白いターバンをつけ、そこから垂《た》らした前髪で顔のやけどを隠して。

昼すぎ、濃密なアドリア海の蒼穹《そうきゅう》が広がっている。春の空と海はおだやかでとても美しい。椰子《やし》の木やピンクの花が咲くアーモンドの木々にかこまれた浴場の中央には、ギリシヤ神話のヴィーナス像が立ち、中央から放物線上に吹きあがった噴水の水がきらきらと陽射しを反射させていた。

「アーモンドの花が咲いてる。オスマン帝国にも春になるといっぱい咲いていたね」

「ああ、私はアーモンドの花が一番好きだ。東洋のジパングに咲く桜という花とそっくりだそうだ」

五つの花弁の薄ピンク色の花びら。はらはらと雪のように降ってくるそれを手のひらでとり、ルドヴィクはうっすらと微笑した。

上空には点々としたちぎれ雲。それが移動するたび、濃い影が落ち、浴場の水面を音もなく移動していく。

甘美《かんび》な花の香りに包まれた夢のように美しい人工的な楽園がそこにあった。半裸《はんら》の美女たちが集まり、ルドヴィクをとりかこむ。みんなが現実世界の人間ではないように思えた。

ルドヴィクも神話かお伽話《とぎばなし》の世界に生きる皇子のようだ。

風が吹き抜けていくたび、ターバンから落ちたくせのない彼のさらりとした前髪が淡く揺れ、それだけでエミルの胸は甘い毒を飲んだような感じになる。

——美しくて禍々《まがまが》しい……甘い毒か……カロリナ公女もそう言ってたけど。

たしかに何となくわかる。

オスマン帝国の皇帝の第二皇子としての気品と堂々とした風情《ふぜい》。

ビザンティン帝国の姫君だったという母親側の雰囲気とが混ざりあって、少し無国籍風の妖艶な感じがする美しい人質。

みんながそう言っている。最初は人質の意味もよくわからなかったけれど、この国に来てもうすぐ半年になり、エミルにもいろんなことがちゃんと理解できるようになっていた。

——そんな彼が愛しているひとって……どんな女性なんだろう。

しかしエミルには、全員、同じように見える。サーカスの親方の奥さんのような雰囲気のひとばかりだ。金髪か黒髪か茶色の髪か……そのくらいの違いだけで、あとはここにいる女性はみんなとてもゴージャスな美女ばかり。

「エミル、だれか気に入った女性はいるか?」

ルドヴィクが声をかけてくる。

「あ、ううん、みんな、同じに見えて」

「どんな女性が好みなんだ? ワイルド系かかわいい系、豊満系、フレンドリー系、気まぐれ系、それとも神秘的な雰囲気か……いろんな女性がいるぞ」

ワイルド系というと、虎のような感じだろうか。かわいい系だとウサギ、豊満なのは熊で、フレンドリーはサル、気まぐれはロバ、神秘的だと思うのは蛇《へび》かな。

「んーとね……まだわからないや。ルドヴィクさまは？　どのひとと仲良しなの？」

「みんなと仲良しだよ」

それではだれが恋人なのかわからない。

「……もう少し見学してくるね」

エミルが離れると、わあっと美女や他の客たちがルドヴィクを囲む。

気後《きおく》れし、エミルは少し離れた場所に移動した。

緊張して、目がチカチカする。こういうところを大人の遊び場というのか。

エミルがきょろきょろとあたりを見まわしていると、ふっとなにかに気づいたように「ここにいろ」とルドヴィクがエミルの肩をたたき、その場を離れようとした。

「きみたちもそのままで」

ついて行こうとする美女たちを止め、自分だけでアーモンドの花のほうに歩いていく。

——どうしたんだろう、急に。

視線をむけると、ちらりとこちらを横目でいちべつした彼と目があう。

頭上からそそがれている陽の光が彼がはおった白いガウンに反射し、浴槽の水面にその長身の影が刻《きざ》まれている。

どこに行くのだろう。あの先に恋人がいるのだろうか。

するとルドヴィクのむかっている先――アーモンドの花やオレンジの木々が植えられた中庭のようになったあたりに鋭《するど》い殺気と悪意のようなものを感じた。

「……っ！」

毛穴がひらきそうなほどの恐怖にエミルは硬直した。

――だれかそこにいる。ルドヴィクさまを狙っている？

切迫《せっぱく》した危機感に鼓動が音を立てて脈うち、体内の血流が一気に加速して流れていく。ルドヴィクが立ち止まったそのときだった。

アーモンドの花のむこうにいた男性の給仕がトレーを茂みに捨て、勢いよく飛びだしてきた。粉雪のように、ぱあっと薄いピンクの花びらが飛び散ったかと思うと、胸から剣を出して、ルドヴィクの前に走りでた。

「きゃーっ」

女性の叫び声が楽園だった世界を切り裂き、流れていた音楽がやむ。

「ルドヴィクさま！」

とっさにエミルは走りだしていた。なにも持っていないけれど身をていしてでも助けなければと必死になっていたが、心配するまでもなく、ルドヴィクは簡単に給仕から剣をうばい、反対側の肩を押さえこんでねじ伏せた。

「うぐ……っ」

男の持っていた剣をルドヴィクは近くの浴槽に投げすてた。ぴしゃり、と湯のなかに落ちた音が響き、どこかに潜《ひそ》んでいた兵士たちがルドヴィクのところに集まってきた。

「どうぞ、その男をこちらへ」

イルハンにその男をあずけると、ルドヴィクはエミルに視線をむけた。

「よかった……ルドヴィクさま……無事で」

はあはあと息を切らしているエミルに、ルドヴィクが苦笑いする。

「危ないから、あそこにいろと言ったのに」

「では刺客《しかく》がいるのを知っていて」

「ああ、気づいていた。だから、みんなを遠ざけた」

ルドヴィクが優雅に微笑する。息を切らすこともなく、顔色を変えることもなく、それどころか余裕すら感じさせる笑みに、エミルはなぜかぞくりとした。

「なにをふるえている」

ルドヴィクは目を細めてエミルを見た。彼に言われ、自分がぶるぶるとふるえていたことに初めて気づいた。

「……こんなことばかり……どうして」

ダメだ、歯ががちがちと音を立てて噛みあわない。雪山に捨てられたときよりもひどい。

「毎日というほどではない。日常の一部だ、気にするな」

「日常の一部だなんて……あっ、血が」

そのとき、エミルはルドヴィクの左手の甲から血が流れていることに気づいた。

「ああ、さっき剣がかすった。毒が塗られていたようだ」

見れば、浴槽の湯の色が変色している。

「毒だなんて……手当をしないと」

「いい、多少の耐性がある。昔から少しずつ飲んで、慣らしてある」

ルドヴィクは目を細め、手の甲の傷を見た。彼の上品な手の甲に一筋の血が流れていく。

ターバンがほどけ、さらりとした黒髪が風に揺れ、そこにアーモンドの木のピンク色の花びらが雪のように舞い落ちていた。

「どうした？」

小首をかたむけ、ルドヴィクがこちらに視線を投げてくる。はっとしたエミルは彼に手を伸ばした。

「やっぱり、そのままだと」

「いいから。この程度のことでいちいち大騒ぎしていたら命がいくつあっても足りない」

エミルは目を細めた。しかしすぐにルドヴィクは肩をすくめて笑った。

「それに……いいんだ、怪我は恋人に癒《いや》してもらうから。濃厚な愛で……」

「……え……恋人？」

驚いた顔のエミルとは対照的に、ルドヴィクは子どものように笑った。

「そう、紹介しよう」

彼が目くばせすると、奥からスラリとした長身の女性がでてきた。

「私の恋人のザラだ」

ザラ……。アフリカ系の女性だ。

「エティオピア王家の末裔《まつえい》で、奴隷《どれい》として売られてきたが、今では私の大切な恋人だ。身分的に結婚はできないが」

純白の白い布を体に巻き、幾重《いくえ》にも重なったビーズ細工のネックレスを垂らしている。健康そうな浅黒い肌はとてもきめが細かくて、不思議な生気のようなものがただよう。

チリチリとした髪を何本もの三つ編みにして、長さは腰のあたりまである。目鼻立ちがはっきりとしていて唇は肉厚だ。豊かな胸が目立つような、やわらかな体の線。他では見たことがないような美しさだった。

「彼女を愛している。だから結婚はできない。明日にでも宮殿に行ってカロリナ公女に報告しろ。私の恋人がどんな感じだったのか」

エミルは眉間《みけん》に深々しわをきざんだ。

では、知っていて――――?

「うん、そうする」

それにしても驚いた。城壁《じょうへき》の塔からのぞいていたとき、こんな女性がそばにいるのを見たことなかったし、ここで彼女と過ごしていたなんて気づきもしなかった。

「では、ザラ、あとで部屋に行くから」

もういい、と目で合図を送ると、彼女はその場を離れた。

「どうだ？　魅惑的だろう？」

「あ、うん。ルドヴィクさまの愛するひと、初めて知ってびっくりした」

「エミルは？　エミルはどういった女性が好みなんだ？」

「ぼく……やっぱりまだ早いみたい。だれを見てもドキドキしないんだ」

ドキドキするのはルドヴィクさまだけだ、というのが、ここにきてはっきり自覚できた。たくさんの美女たちをまえにしても何のときめきもない。

同性だけど、ルドヴィクさま以外、好きになれないと改めて実感した。大好きなのは彼だけ。自分は彼を愛しているのだ。

「遊ぶ気がないのなら、もう帰ればいい。私はここでザラと過ごす」

「わかった。あ、でも命は大事にして。今みたいなことのないように」

「エミルがそれを言うのか」

「ぼくが？」

目を細め、ルドヴィクはじっとエミルを見つめた。ひどく複雑な色をにじませたなにかもの言いたげなまなざし。どこかこちらをさぐるような、なにか咎《とが》めているような感じがした。

「あれだけ死にたがっていたのに。もう死にたいとは思わないのか?」

そう問われ、エミルはうなずいた。

「うん、今は」

ルドヴィクさまが好きだから——と言ったら、きっとこの人は迷惑に思う。好きになってほしくないと言ったのだから。

「ここでの暮らし……楽しいから」

「なら、よかった」

「でもそれがなくなったら死ぬよ、ぼく」

エミルはじっとルドヴィクを見つめた。

「ここで今みたいに暮らせなくなったら、ぼく、雪の谷で狼さんに食べてもらうから」

「まだそんなことを」

「だから、ここでの暮らしがなくなったら。パムパムがいて、動物園があって、かわいいティビー公子という友達がいて、それからルドヴィクさまがいて……」

そこまででエミルはいったん言葉を止めた。

何よりも何よりもルドヴィクがいることが一番大切だけど。

「みんなといることが楽しいから、ぼく、この暮らしがあるあいだは死なない」

「そうか、それはいい、楽しいことがあるのはいいことだ」

楽しいのは、なによりあなたが存在しているから。とは、言わない。

「ルドヴィクさまこそちゃんと生きて。たくさん殺されそうになってるけど、もっとちゃんと身を守ったほうがいいよ。カロリナさまは自分と結婚したら安全だと言ってたのに」

「無理だ、好きでもない女とは結婚できない」

ルドヴィクは自嘲《じちょう》するような笑みを見せた。

「結婚は愛がないと。愛していない相手と子どもを作るなんて……相手にも子どもにも申しわけない。そう思わないか？」

やわらかな声で問いかけられ、たしかにその通りだと思った。そこに愛があったほうがずっとすてきだ。

「愛がないと……か」

「エミルもそう思うのか？」

夕暮れどきになり、オレンジ色の光を浴びている彼の甘やかな視線に吸いこまれそうになる。どうしてこんな目で見るのだろう。好きになるな、好きになってほしくない。そう言っているのに、彼の目は動物園の虎に似ている。こちらがもう今日は帰るねと伝えたときの、えっ、もう帰るの？　もっとそばにいてよと語りかけてくるときの虎と。

本当は淋しいのですか？　音楽を演奏しているときもそう。いつもいつも淋しそうだ。

「さあ、どうだろう。ぼく……わからないよ。あ、動物は好きだよ。でもルドヴィクさまが言ってるのは人間だよね」

エミルは苦笑いした。

「だったら、ぼく、だれも好きじゃないよ、人間は」

「エミル……」

「好きとか結婚とか、愛とか……全然わからないよ。生きるだけでいっぱいいっぱいだから。それにこんな醜《みにく》いぼく……だれもキスもしてくれないし、抱きしめてもくれないから」

言いながら、虚《むな》しくなってきて、エミルは言葉を止めた。ぼくはなにをムキになったように言っているのだろう。こんなこと。これではまるでそれを求めているようではないか。

「あ、でもいいんだ、興味ないから。全然、興味ないんだ。愛なんてもらったこともないし、どんなものが愛かなんか知らないから」

そう、興味なんて持ったら哀しいだけだ。愛なんて求めても虚しいだけだ。

醜いから、だれも愛してくれない。そんなこともうずっと前からわかっていた。けれどルドヴィクさまだけは……と、つい思ってしまう自分がいる。

だけど改めて気づいた。

ルドヴィクは外見のせいで自分を嫌ったりはしないけれど、さっきのザラという女性を見たら、一目瞭然《いちもくりょうぜん》ではないか。あんなに綺麗な女性、見たことがない。美しくて色気があって、褐色《かっしょく》の肌はなめしがわのようにツヤツヤとして傷ひとつなかった。

それにとてもかしこそうだった。エティオピアの王家の末裔というだけあってうっとりするような気品があって、静かな海のような空気が漂っていた気がする。

色素がほとんどない自分とはまったく対照的。しかもエミルには体半分に醜い火傷《やけど》のあとがある。小柄で、細い、バカで、品もなくて……。

なにもかもが自分とは正反対のタイプだった。正反対の女性をルドヴィクが愛しているという事実だけで内側からズタズタに切り裂かれたような気がする。

「じゃあ、ぼく、もう帰るね。愛……パムパムだけかもしれない、ぼくが愛しているの。彼と一緒にいるのがいいね」

そうだ、ルドヴィクさまがとても優しいし、盲目のティビー公子が友達になってと言ってくれたので、すっかりいい気になっていたけれど、自分は醜い人間なのだ。

悪魔の呪いのかかったようだと言われ、忌《い》み嫌われてきた。今までずっとそうだった。

死体運搬人、サーカスの下働き、火の輪くぐり。

どの仕事もとてもつらかったけど、醜いからしかたないと思っていた。

そんなふうに自覚していたとき、たしかにつらかった。けれど、少しでも優しくされたり、親切にされたりすると、もっともっと幸せになりたいと欲が出てきて怖くなる。

そんな貪欲《どんよく》な「自分」なのだと改めて認識して怖くなるのだ。

翌日の午後、カロリナ公女への報告のため、エミルは宮殿にむかった。

大公たちの住む宮殿はとてもうつくしい空間となっていた。

玄関から入ると、季節の花があふれそうなほど飾られている。噎《む》せそうなほどの甘くてみずみずしい香りが心地いい。

楽団が演奏する華やかな音楽に合わせ、カーニバル風の仮面をつけた男女がホールで優雅に踊っている。天井には一面のフレスコ画、大理石やブロンズ製の彫刻、天使や聖母、ギリシャ神話のレリーフが飾られ、月桂樹《げっけいじゅ》やレモンやオレンジの木々に囲まれた庭園が広がっている。

物陰では濃厚なくちづけをしている恋人たち。茂みのむこうでは男女が淫靡《いんび》な行為をし、そのむこうのサロン風の小部屋ではソファに座った客人たちが熱く求めあっている。

そうした姿を見て、エミルは悲しくなってきた。ザラとルドヴィクもああいう行為をしているのだろうか。

裸になって、たがいを求めあって……それが愛しあうという行為なのだろうか。

呆然と見ていると、使用人がやってきた。

「カロリナ公女さまがお待ちとのことです、どうぞ奥の間に」

「あ、はい、ありがとうございます。あの……にぎやかですね」

「イースター明けのお祭りなので、国中の貴族があつまって舞踏会をひらいているのです。今日は無礼講で、みなさん、はめを外しています」

「それで……あんなふうに」

「カロリナさまはこの廊下の奥の部屋にいらっしゃいます。こちらの廊下を抜けた先です」

「ありがとうございます」

案内されたのは人気《ひとけ》のない廊下だった。そこにはタペストリーが何枚も吊るされている。模様と一緒に織りこまれている文字を見れば、どうやらこの国の歴史が一枚絵として年代ごとに織られているらしい。

——すごい……この国は海と一緒に生きてきたんだ。

大きな船やエメラルドグリーンの海、それから海の神さまたちが国を見守っている姿が物語絵のように飾られている。

初めて見るのに、どうしたのだろう、何となくなつかしい気がしてくる。

胸の奥があたたかな光に包まれたような気持ちになり、エミルは一番奥にあるタペストリーの前で足を止めた。

最近のもののようだ。一枚だけ色があざやかだ。『白鳥姫の婚礼』というタイトル。純白のドレスを身につけた美しい姫君と優しそうな男性の結婚式の様子が織られていた。その背景は海だろうか。珊瑚《さんご》や大きな貝殻《かいがら》、それに真珠と魚たちが一緒に描かれていて、海の王国に迷いこんだような錯覚をいだく。

「わあ……素敵だな」

思わず声を漏らしたそのとき、背後から声がした。

「それ、最近になって兄の大公が織らせたものよ。毒殺された亡き公妃が忘れられなくて」

ふりむくと、濃い紫色のドレスを身につけたカロリナ公女が立っていた。

「そっちが若いころの兄。こっちの姫君が最初の花嫁」

「白鳥姫っていうんだね」

「子供のころはアヒル姫って言われていたけどね」

「アヒル姫？」

「そう、目だけが大きくてきょろきょろしていたからじゃない？　アヒルが白鳥になったと言われていたのよ」

そうなんだ。自分もアヒルの子どもくんと呼ばれていた。こんなに美しくはなれなかったけれど、少しだけ親しみを感じた。

「背景になっているのが、ラグサとヴェネツィアの海を守っている海の神の王国」

どうしたのだろう、目の下にクマがある。体調が良くないのだろうか、とても顔色が悪い。ドレスの色が暗いのでよけいにそう感じるのかもしれないけれど。

「こっちにいらっしゃい、階段の陰に」

人気のない暗がりに連れていかれたあと、エミルはザラのことを報告した。

「そう、そういうこと。エティオピアの女性だなんて……それではどうすることもできないわね。私とはまったく違う。ルドヴィクに好きだと伝えても……だめなわけね」

さみしそうに話すカロリナ公女の気持ちがエミルにはなんとなく理解できる気がした。もしかして目の下のクマもそのせいだろうか。カロリナ公女のような美しいひとでさえ、ショックを受けている。

「エミル、おまえはそれでいいの？」

突然の言葉にエミルは小首をかしげた。

「おまえだってルドヴィクが好きなくせに」

エミルは驚いてカロリナを見た。

「知ってるのよ、ルドヴィクが好きなんでしょう。一目でわかったわ。オスマン帝国にはそういう同性同士の関係も多いと聞くけど、おまえ……彼の愛人なの？」

あからさまな悪意のようなものを感じ、背筋がふるえて声が出てこなかった。

「エティオピアの女性なんて嘘でしょう。本当はおまえが愛人なのよね」

「い……っ」

いえ、そんなことはない。はっきりとルドヴィクから彼女を紹介されたと説明したいのに、悪意が怖くて言葉が出ない。

「やっぱりそうね、言いわけもできないなんて」

違うと否定したいのに、他人の悪い感情に触れたときのいつもと同じように喉《のど》が凍りついたようになってなにも出てこない。

ただの悪意ではない。むしろ憎しみ。最初に感じた悪意はこれだったのだ。あのとき、カロリナはルドヴィクの気持ちをさぐりたいという思いが前面に出ていた。

エミルに嫌われないように演技していたのだ。だから薄々なにかあることを感じながらも、その正体まで察することができなかった。

はっきりと憎悪の念がむけられた今、エミルは恐怖のあまり首を左右に振ることすらできない。あの谷底に捨てられたときと同じ。動くことも無理だ。息をするので精一杯だ。

「そう、わかったわ。やっぱりそういう関係なのね。その態度が答えね」

どうしよう、否定できないせいで、かんちがいされてしまった。そのせいか彼女のなかの悪意がどんどん増幅していく。

だから違うと言おうとしても、まったく声が出てこない。それどころか息が詰まったようになって苦しい。

「もういいって言ったでしょ。愛する男に振られた女を見て、なにがたのしいの。うらやましいわ、おまえが。そんなに醜い体でどうやって彼から愛されてるのか。よっぽど床上手《とこじょうず》なの？　それとも彼はそういう趣味があるのかしら。ゲテモノ趣味というのか」

「……」

違います、違います、彼から愛されていません、彼と寝たことなんて一度もないです、キスさえもないです、彼からは好きになるなと言われています。彼の恋人はとても綺麗なひとでした。彼は醜いぼくなんて好きじゃないです。

そう言いたいのに、彼女の言葉が鋭い刃《やいば》となって心臓にぐさぐさと突き刺さってきてうまく呼吸ができない。

「早く帰りなさい」

カロリナがくるりと背をむけ、廊下のむこうに消えていく。

違うと否定しなければ。そう思うのに息が苦しくなり、エミルは柱に手をついてその場にひざからくずれおちていった。だめだ、すさまじい悪意に胸が苦しくてどうしようもない。息苦しさと吐き気のようなものに同時に襲われ、階段の陰で床に手をついていると、ふいに後ろからだれかの手が肩に触れた。

「大丈夫か、きみ。しっかりして」

若い男性の声。今日のパーティに呼ばれている貴族のひとりらしい。いたわるような感触に、ほっとしてエミルは「はい」とうなずいた。

「さあ、起きあがって。大丈夫？」

「平気です」

「さっき見かけたとき、気になっていたんだ、大丈夫なら話をしないか」

横から顔をのぞきこまれ、エミルはうついむいたまま動けないでいた。「醜いやつは出て行け」と言われるのではないかと不安になったのだ。

もうこれ以上、悪意を受けるだけの耐性がなかった。だからだれにも見られずにここを出ていきたかったのだ。だが相手からは悪意は感じなかった。それどころか、好意のようなものがその手から伝わってきた。

「きみ、何者だ、ずいぶん綺麗だが」

「え……」

綺麗と言われ、びっくりして言葉を失った。

「そう、さっき、玄関のあたりで見たときから俺も気になっていたんだ、妖精のようだと」

物陰から別の貴族の青年も出てきた。二人ともルドヴィクと同じくらいの年齢だろうか。大柄な体格の上品な雰囲気の青年だが、酔っ払っているのかお酒のにおいがする。

あとからきた男性が床に手をついたままのエミルに手を伸ばす。その手を取って立ち上がれということだろうか。

「今、カロリナ公女から聞いたんだけど、きみ、オスマン帝国のルドヴィク皇子の愛人らしいね。男娼《だんしょう》なのか？」

男娼というのなら知っている。綺麗な男の人たちのことだ。サーカスの客のなかに、たまにキラキラとした美少年たちをつれた貴族たちがいた。真珠のような肌、宝石のように綺麗な男の子たちだった。君主や貴族たちから愛される美しい男の子たち。彼らのことをいうのだ。

「ううん……違う」

エミルは首を左右に振った。

「違うの？」

「あ……そう、そんなに素敵な存在じゃなくて……ぼくは……ルドヴィクさまにおつかえしているだけの使用人で」

「そう、決まった関係じゃないってことか。でも関係はあるよね」

「関係？」

「うらやましいな、こんな綺麗で忠実な使用人がいるというのも。では俺たちと遊んでも大丈夫ってことだな」

「え……」

「今日は無礼講だ。ここにきているということは、そういう遊びも大丈夫ってことだろ。俺たちの仲間に加わって楽しめばいい」

「そういう遊びって？」

「ああ、今日は、みんな、恋がしたくてここにきているんだ。俺たちと仲良くしてくれたら、いくらでもルドヴィク皇子の味方をするよ」

「そうだ、この国で無事に過ごせるように。彼の立場……微妙だろ？」

それは知っている。いつもいつもそのことで彼の周囲には危険がつきまとっている。

「そうさ。この国の貴族がひとりでも多くルドヴィク皇子の味方をすれば、彼は安心して暮らしていける」

たしかにそうだけど、この人たちと遊べばいいの？　ぼくが役に立つの？　彼らから悪意は感じない。でも信頼していいのかわからない。

「……なにをして遊べばいいの？」

恐る恐る問いかける。

「仲間に入ればいい。そうすれば皇子の役に立てる」

「わかりました、ルドヴィクさまのお役に立てるなら何でもします」

「よし、決まりだ」

「はい、でも、一体どんなことを」

「ルドヴィクときみがいつも一緒にしていることだ」

「いつも……ですか？　最初はご飯を一緒に食べるくらいでしたが、最近は、毎日、いろんなことを教えてもらってます。ぼく、なにも知らなかったので勉強を」

「いいね、ルドヴィク皇子みずから、手ほどきをしているわけか」

「さあ、こっちへおいで」

彼らは階段の下の奥にある部屋へとエミルを連れて行った。

何だかとても楽しそうに笑っている。悪意や憎悪はない。なのでエミルは安心していた。

「こっちにきて。まずは一杯飲もうじゃないか」

男の一人がベッドサイドの燭台《しょくだい》のそばに行き、杯《さかずき》をならべてワインを入れ始めた。

「さあ、これを」

杯を渡そうと手を伸ばしたそのとき、男はエミルを見て「うわっ」と叫び声をあげた。

「お、おいっ、見ろ、暗くてわからなかったが、こいつ、化け物だぞ」

とっさに彼は燭台をつかみ、エミルの顔の半分を照らした。

「うわっ、なんだ、こいつ」

「カロリナ公女が、昔はサーカスの見せ物だったと言っていたけど、そういうことか」

ふたりが不気味なものを見るようなまなざしでこちらを見ている。

「なんだ、半分は綺麗なのに、半分は化け物か」

「悪魔の呪いだ。こんな気持ちの悪いやつ、初めて見た」

「呪いじゃなく……これはやけどで」

呆然としているエミルを彼らはベッドに押し倒し、衣服を剝《は》ぎとってしまった。

「見ろ、やけどじゃないぞ。悪魔の呪いだ。片方だけまだらになっている」

「ああ、やけどというよりも皮膚の変色だな。いいかげんなこと言って、ごまかすな。これは何の呪いだ？」

やけどじゃないの？　ずっとそう思ってきたけれど、まさか本当に呪い？

エミルは硬直し、息をふるわせた。

「気味悪いな、こいつ」

ふたりが扉を開けたままそんなことを話していると、いつのまにか興味深そうにさらに数人の見物人が部屋にはいってきていた。

「見ろ、こっち半分は妖精のように綺麗なのに、こっちの半分は化け物だぞ」

「めずらしいな、こんな生き物がいたのか」

「呪われてるんだ。悪魔なら火あぶりにしないと。魔女裁判にかけて」

「それはダメだ、ルドヴィク皇子の愛人らしいからな」

「彼は異教徒だ、だからこんな化け物を愛人にしているんだろう」

寝台をとりかこみ、貴族の男性たちが興味深そうに自分を見ている。醜いことへの悪意はない。ただおもしろおかしいという好奇心に満ちた感情が全員から伝わってきて言葉が出てこない。喉の奥になにかが詰まったようになってしまっていた。

サーカスに集まっていた観客たちが虎や熊を見て抱《いだ》いていた感情。そうしたものに似たものがどんどん内側に流れ込んできてエミルは全身をふるわせた。こうなってしまうと、もうエミルは生きた心地がしなくなり、反論する言葉もやめてほしいとたのむ言葉も出てこなくなる。

泣くことすらできない。全身が凍ったようになるのだ。

「あ……あっ……っ」

下着までとられ、足を大きく広げられ、性器やその奥なども燭台の灯《あか》りに照らされ、見せ物にされる。恐怖のあまり、エミルはぎゅっと目を瞑《つむ》っていた。

そのせいで自分にはわからないけれど、「うわっ」「すごい、こっちも左側だけ色が変だ」などという声が聞こえてくる。

「ねえ、悪魔祓《ばら》いでもしたら？」

そのとき、カロリナ公女の声が鼓膜に響き、ふわっと不思議な香りが室内に流れこんできた。エミルはハッと目を見ひらいた。

いつのまにか見物人の中央にカロリナ公女が立っている。

「ムスリムでは、左側は不浄《ふじょう》と言われているでしょう。だからこんなふうになったのかも。彼の左半分を浄化してあげたらいいわ。こうして」

はりついたような笑顔が怖い。カロリナは手にしていた振り香炉《こうろ》をエミルの上でゆらゆらと揺らした。

「あ……っ」

この香りは教会の香草ではない。「大人の遊び場」のあちこちからただよっていた淫靡な香りだ。甘く妖《あや》しい香りがふわっとあたりにたちのぼり、エミルは唇を噛み締めた。どうしたのか下肢《かし》のあたりがむず痒《がゆ》くなってきている。

「さあ、もっと吸って。そのまま浄化してもらいなさい」

「……」

「このままだと悪魔の呪いがかかっていると異端審問《いたんしんもん》にかけられ、ルドヴィクまで悪魔の手先だと言われてしまうわよ」

「――っ」

「そうなったらあなたも彼も火刑《かけい》ね」

そんなことが。たしかにこれまで悪魔の呪いだとは言われてきたけれど。

「あなたから悪魔のしるしが消えたら、彼も異端審問にはかけられないわよ」

でも彼は異教徒だから異端審問は関係ないのでは？　エミルもカトリックではない。

「さあ、悪魔祓いをしないとね」

なにを言われているのかだんだんわからなくなってくる。この不思議な香りのせいだ。鼓動が早打ちし、全身にうっすらと汗がにじんだようになり、これまで感じたことがないような熱に全身がふるえている。

「……ん……っ」

「これは悪魔を祓う儀式なの。あなたが火刑になったら、ルドヴィク皇子も悪魔の仲間として裁判にかけられるわ。そんなの困るでしょう？　迷惑をかけたくないでしょう？」

エミルはこくこくとうなずいていた。彼女の悪意は怖い。だから言葉は喉から出てこない。けれどこの香りのせいで、妙な感覚に体が支配されているせいかうなずくことはできた。

「このことは内緒よ。あなたが彼のためを思っていろんなことをしても、彼は喜ばないから。でもあなたも彼を悪魔の手先にはしたくないでしょう?」

奇妙な気分になりながらも、頭のどこかで、それは自分もそうだと思った。好きにならないで欲しい、と、彼は言った。感情はいらない、と。でも何か自分にできることをしたい。彼のために。

「ルドヴィク皇子には言っちゃダメよ。悪魔祓いの儀式は、ここにいるものたちだけの秘密。そうしないと、本当に裁判をしないといけなくなるから」

もうなにを言われているのかわからない、エミルは知らずうなずいていた。

「あなたたちもこの子を浄《きよ》めてやって。さあ」

カロリナがくるくると振り香炉をまわすと、あたりにパッと妖しい香りが一気に広がり、そこにいた男性たちがざわめきだす。

「さあ、みんなで楽しんで。この子は悪魔の呪いでルドヴィク皇子も虜《とりこ》にしているのよ。その本性を暴《あば》きだして、あなたたちで浄化させて」

「……っ」

「何なんだ、この香りは」

「これは東洋の占星術師がくれた芥子《けし》の実をいぶした特別なお香よ。残念ながら私はもう耐性ができてしまったけれど、すごく楽しい気持ちになるの。ではごゆっくり。お邪魔な人間は消えるわね」

振り香炉をベッドの柱につるしたあと、カロリナはそこを出ていった。ガチャリと扉の閉まる音がエミルの恐怖をあおる。

「悪魔祓いか。おもしろそうだな」

「ああ、たしか悪魔の呪いを受けたものはどうしようもない淫乱になるとか」

男たちが欲情しているのがわかった。

「そう、世にもめずらしい生き物だ。半分は妖精、半分は化け物。それを浄化するんだ」

彼らのなかに悪意と興味がない混ぜになっているのがわかる。

「……っ」

これは火の輪くぐりと同じなのだと思いこむことにした。自分はサーカスの見せ物だった。あのときと同じだ。そう思ったとき、だれかがいきなりエミルの髪をつかみ、体の中心にあるものを咥《くわ》えろと命令してきた。

「それを?」

「そう、かわいがってみろ、その口で」

「口でかわいがれるものなの?」

「歯で噛まずに、舌と口の粘膜《ねんまく》でかわいがるんだ、やってみろ。口を開けて」

意味がわからないまま、口を開けた瞬間、恐ろしいものが口内に入ってきた。

「う――――うぐっ！」

一瞬、なにが起きているのかわからず、エミルは心臓を凍りつかせたまま、ただただ呆然としていた。

「さあ、噛まずに、これを舐《な》めて、舌先で弄《もてあそ》ぶんだ」

「あ……ぐ……ふう……あっ」

四つん這いになって髪をわしづかみにされ、口内に出し入れされている性器に息が苦しくなってくる。

彼がそこを出し入れするたび、寝台がギシギシと軋《きし》む。カーテンのついた豪華な寝台だ。かたわらの燭台の蝋燭《ろうそく》が揺れ、壁にかけられた十字架もカタカタと音を立てている。

これが悪魔祓い？　どうして？　ぼくは呪われているの？　しないといけないの？　エミルの胸の鼓動はどくどくとあらあらしく乱打《らんだ》する。手のひらに汗がにじみ、瞳には涙が溜まってくる。

「ん……」

やがてだれかがエミルの腰をつかみ、下半身をひきつけられる。

「あっ……ああっ」

びっくりして口のなかのものを噛みそうになった。けれどそれよりも驚いたのは、戸口にたたずんでいる人影に気づいたからだ。全身の血が凍ったようになる。閉められたはずの扉が開き、ルドヴィクが唖然とした目でこちらを見ていた。

——ルドヴィクさま。

ルドヴィクは床に縫《ぬ》い止められたように微動だにせず。どこまでも冷たい表情でそこにたたずんでいた。いつもの優しさはない。ルドヴィクのエミルを見つめる双眸《そうぼう》は冥界《めいかい》からやってきた悪霊のように見えた。エミルは体温をなくしたように全身を震撼《しんかん》させ、口にふくんだものからのがれようと、前にいた男をつき飛ばしていた。

「うわっ、なにをする」

その衝撃で男が放ったものがエミルのほおに飛び散ってしまう。

「彼は私の従者だぞ。よくも、こんなもので汚して」

ルドヴィクは冷たい声で言うと、ベッドに吊るされていた香炉を窓の外に捨てた。

「待て、ルドヴィク皇子、これは同意のうえで」

「そう、彼のなかの悪魔を祓うために」

「本当か、エミル」

その問いかけにエミルはどう答えていいかわからなかったが、悪魔祓いをしているのは事実なので、素直にこくりとうなずいた。

「う……うん……そ……そう」

シーツをたぐるようにして抱きしめ、「そう、そう」とエミルはうなずいた。

「昨日は興味がないと言ったのに、本当に？」

うん……とエミルはうなずき、シーツで髪や顔をぬぐった。

「今日が初めてなのか。それとも彼らと恋人関係にあるのか」

ルドヴィクは男たちに話しかけた。興醒《きょうざ》めしたのか、彼らは目を合わせて、まいったな……と肩をすくめてくすくすと笑いはじめた。

「怒らなくてもいいじゃないか。恋人のわけがないだろ、こんな醜いやつ」

「そうだ、そいつが悪魔の呪いを受けているかたしかめるために」

ルドヴィクはすさまじく不機嫌な顔をしている。

「悪魔ではない。妖しい香りで幻覚を見ているだけだ。きみたちは出ていってくれ」

ルドヴィクが切り裂くような口調でそう言うと、男たちも見物人も急に夢から覚めたような顔つきで部屋をあとにしはじめた。

「ルルルルルドヴィクさま……あああ、あの……ここここ、これは」

言葉を詰まらせながらも、なにか言わなければ……と懸命になっているエミルをルドヴィクがさえぎる。

「今の話は……本当なのか？　さっきすれちがったとき、カロリナから、きみが自分から男たちを連れこんだと聞いたが」

「え……」

そんなことになっているなんて。驚きと同時に、さっきのカロリナ公女の異様な恐ろしさを思いだし、いろんな恐怖がないまぜになって返事ができない。その代わりエミルは後ろめたい気持ちのまま彼を見つめた。ルドヴィクは深く眉間《みけん》にしわを刻み、肩で大きく息を吐いた。

「なにが悪魔祓いだ、こんなことをして」

ルドヴィクの声が怖い。聞いたことがない怖さだ。忌々《いまいま》しそうにルドヴィクはエミルの腕をひきつかんだ。

——許せない、こんなことをして。よくも私以外の者と。

ふいに彼の心の声が聞こえてきた。これまで一度も聞こえたことがなかったのに。それだけ強く怒っているのだ。嫌われた、もう見捨てられるのだ、そう思っただけで全身がふるえた。

「……っ」

ルドヴィクはエミルに頭上からすっぽりとシーツをかぶせると、すばやく抱きあげてどこかに歩き始めた。客人たちのざわめく声が聞こえ、使用人たちから「なにかありましたか」「どうされましたか」と声をかけられる。

「従者が体調をくずしたので帰ります。それよりも私の馬を」

彼がだれかにそう話すのが聞こえる。馬が連れてこられ、宮殿の外に出てルドヴィクがエミルごと馬に乗るのがわかった。

「あの……ルドヴィクさ……」

「だまってろ」

エミルはビクッとふるえる。

——話しかけるな。このまま殺してしまいたくなる。

また聞こえてきた。ダメだ、サーカスの奥さんの声よりも冷たい。殺してしまいたくなるという、彼の怒りの声に塩漬けにされ、小さな瓶《びん》のなかに押しこめられたような感覚がして体が縮《ちぢ》こまってしまう。

このままシーツにくるまれ、捨てられてしまうのだろう。いらないものとして。

ふっと雪山を思いだした。あのときもそうだった。布にくるまれている。でもここに雪山はない。だけど海はある。雪の谷の代わりに海に捨てられるのだ。そして狼ではなく、魚のご飯になるのだ。サメかシャチかもしれない。

そんな自分を想像しただけで、心も体もからっぽになっていくのがわかった。

ルドヴィクと出会う前もからっぽだった。昔にもどるだけだ。それなのに狼に食べられると思ったときに感じた喜びはない。一度でも、ルドヴィクによって満たされたせいで、からっぽというものがどれほど淋しいものなのか骨身に染みてしまうようになったのだ。

知らなければ、天国に逝《い》くのは生きるよりもずっと楽で幸せなことだったのに、知ってしまったら、天国に逝くのは楽だけど淋しいものなのだと感じる。

しかしルドヴィクは海ではなくあの大人の遊び場へと入っていった。

どうしてここにと疑問を抱《いだ》いたが、また怒られそうなのでエミルはただひたすらじっとしていた。

「いつもの部屋を。朝までだれも入ってくるな」

ルドヴィクはだれかにそういうと、エミルを抱きあげて奥へとむかった。

朝まで――そんなに長い時間をかけて殺すの？

「ついた」

そう言われ、シーツのすきまからのぞくと、イスラム風の浴室にいた。そのままシーツごと浴槽《よくそう》のなかに落とされる。海ではなく、浴槽だった。

「……っ」

深かったのでどこかをぶつけたりはしなかったけれど、座った状態でもちゃんと息ができる程度にしか湯がはられていない。

まわりには魚もサメもシャチもいない。湯がふわふわとたちのぼり、睡蓮《すいれん》や薔薇《ばら》の花が浮いているだけだ。

彼の機嫌が悪かったのでどうしていいかわからず、ただエミルはふるえていた。

そのまま湯と石鹸《せっけん》で、髪から顔のあたりをゴシゴシと洗われはじめた。甘い花の香りのする石鹸だった。

「さあ、口のなかも洗って」

近くにあった杯《さかずき》で口内も洗われたあと、綺麗になった体を抱きあげられる。魚ではなく、奥でなにかの餌《えさ》にされるのだ。虎だろうか、熊だろうか。それとも餌ではなく、ただふつうに殺されるのか。

じっとしているうちに、奥にあるゆったりとした寝台に下ろされた。

「宮殿で本当に悪魔祓いをしていたのか」

「うう……うん」

「よくそんなことを」

その声、触れている手から彼の心がわかった。

嫌われていない、殺す気もない。さげすまれてもいない。そのことにエミルの心は少し救われる気がした。

「したかったのか？」

「あ……うん……」

素直にうなずいたエミルを、ルドヴィクは腹立たしそうにらみつけた。

「あいつらの言っていたことは本当か」

「え……」

「悪魔祓いのためにいやらしいことをしようとしていたと」

どうして何度も何度も同じことを尋ねてくるのか。

「うん、ぼくは……」

「エミルっ！」

言葉をさえぎり、ルドヴィクがエミルの肩をつかむ。エミルは目をぱちくりとさせ、ルドヴィクを見あげた。

「私の前では興味がないと言ったくせに、どうしてあんなやつらと」

「え……」

ルドヴィクはなにが言いたいのだろう。殺したいほど怒っていないことにホッとはしたものの、彼の真意がわからず、エミルは息を吸うのを忘れたようにただ彼を見あげることしかできない。

「私にはそう言ったくせに」

私以外の人間に触れさせたりして……という彼の心の声がまたダイレクトに胸に突き刺さり、エミルは「え……」と驚いた顔で彼を見あげた。

嫉妬？　独占欲？　ルドヴィクはエミルが彼以外と仲良くするのをいやがっている。どうしてなのか理由が見えないけれど、そのことだけはわかった。

——そうなの？　ルドヴィクさま……そうなの？

心で問いかけていくうちに、じわじわとエミルの胸に妖《あや》しい喜びが生まれていく。あんな自分を見られて恥ずかしいのに。本当はとても情けないのに。あまりにみじめで死にたいくらいなのに。殺してやりたいと言われてもう終わりだと思ったのに。

それなのにエミルの心には、どういうわけか熱っぽい痺《しび》れが心地よさとともに広がっている。とめどなく湧きでてくる泉のように。そう、それこそ淋しさによってからっぽにもどった心が甘い毒で満たされているのだ。

ルドヴィクの感情が大きく動いているせいだろう。自分のことでルドヴィクが怒っていることがわかるからだ。だから胸の奥が疼《うず》いている。

「化け物と言われて、悪魔祓いだと言われて、あんな香草に誘発され、淫《みだ》らなことをしようとしていたのか」

自分を責める声が耳に心地よく溶ける。ほんのりとした痺れと甘美《かんび》な苦さとともに、独占欲という甘い毒が全身を埋《う》めていく。

——そうか……ぼくは……こんなにも……こんなにも飢《う》えていたんだ……。

ルドヴィクの感情にどうしようもないほど飢えていた。

それがはっきりとわかった。その感情のなかにマイナス方向のものがあったとしても、好きにならないでほしいと、こちらの想いを真っ向から拒否されるよりはこうしてなにかしらの感情をぶつけられることにエミルは幸せを感じてしまうのだ。

それだけで救われる。それだけで満たされる。

エミルは笑みを浮かべ、ルドヴィクを見あげた。

「いいんだよ、ぼく、本当に化け物だから、悪魔の呪いだったら呪いで祓って欲しかったから」

「違う、そんなことはない。何度もそう言ったはずだ」

「でも化け物でも、あのひとたちはルドヴィクさまと違って……ぼくから悪魔を祓いたいって、ぼくを浄化させたいって言ってくれたよ」

「……エミル……」

「ルドヴィクさま、ぼくを浄めようなんて思いもしないだろ」

「どうしたんだ、エミル……そんなこと……」

「どうしたんだろうね、ぼく、おかしいよね、こんなこと言うなんて。でも、悪魔と言われたっていいんだ。それでも触れて、ぼくを抱こうとするなんてすごいじゃない」

なぜこんなことを口にしているのだろう。まるで彼を挑発《ちょうはつ》するように、次々と棘《とげ》のある言葉が飛びだしていく。ルドヴィクは絶望的に哀しそうな顔をした。

「この世界に悪魔なんていない、きみは呪われてもいない。悪魔の呪いがあるとしたら、それは人間の心のなかだけだ」

「人間の心？」

「ああ、その証拠に、動物たちは、みんな、きみのことが好きだ。悪魔に呪われているような人間に、彼らがなついたりするものか」

「……っ」

「私もそう思う。きみの魂《たましい》は綺麗だ。パムパムも虎も熊もティビーも、みんな、きみが好きじゃないか。だから悪魔なんて宿《やど》っていない」

それまで曇《くも》っていたものがパッとひらける気がした。救われたといえばいいのか。外見から判断され、醜い、悪魔の呪いとさげすまれることがあまりにも当たりまえすぎて決して気づくことがなかった大切なことを彼は教えてくれている。

それがわかって目に涙がたまってくる。とてもうれしい。けれどそれでは満たされない。からっぽのままだ。そんな正論よりも、教会の司祭さまのように正しいことを口にするよりも、それ以上にめちゃくちゃひどい感情でもいいから、一度でいいから彼に抱きしめられたいという祈りが胸の奥で渦巻《うずま》いてしまう。ああ、ぼくはどうしてしまったのだろう。

「わかってる……わかってるよ……でもね、そう思われたとしても抱きしめられたいことってあるんだよ。どんな相手でも死ぬよりもずっと楽しいし、満たされる」

「言うな、死ぬより楽しいなんて」

「なんで言っちゃいけないの？」

「生きてほしいからだ、私のために」

「どうしてぼくがルドヴィクさまのために生きないといけないの？　パムパムの世話係として

以外、求めていることはないって言ったのに」

「……っ」

ルドヴィクが祈るようなまなざしを向けてきた。

「そうだな、そう言った」

「だったらどうだっていいじゃない、ぼくなんて」

「どうだってよくない、少なくともあんなやつらに穢《けが》されそうになっているのに黙ってなんていられない」

「ぼく……それでもだれかに抱かれたいんだ」

「――っ」

ルドヴィクの表情が切なげに揺れる。

「生まれてから一度も……だれからも抱きしめられたことがないんだよ。この肌が汚いから、キスされたこともないし、ぬくもりを感じたこともない」

「エミル……だが……昨日は興味はないと」

「あきらめていたからだよ、ずっとずっとあきらめていた。でも、さっき、気づいたんだ。たとえ悪魔祓いと言われても、たとえ化け物の反応を相手が楽しんでいるだけでも、それでもぬくもりが欲しいって。そう思っちゃいけないの？」

自分はどこかおかしいと思った。あの香草のせいだろうか、ふだんならこんな本音をぶつけることはないのに。ルドヴィクが望んでいないことを口にしたりしないのに。

「人肌が欲しいのか、きみは」

変だ、怒っている彼の本音――その原因を知ったせいか胸が甘く疼いてしまう。どうしたんだろう、そんなふうに言われてもうれしいと思ってしまうなんて変だ。

「そうだよ、人のぬくもりを感じてみたい。これまでだれも触れてくれたことがないんだよ、抱きしめられたこともない。動物だけ。動物も好きだけど、一度でいいから、同じ人間に……

そう、たとえ悪魔祓いでも、たとえ淫らな香草の幻覚でも……ぼく……だれか……人間に抱かれてみたかった。ううん、抱かれるだけでなく、狂おしいほど求められたかった」

うそだ。求められたいのはルドヴィクだけだ。

「では、私でもいいのか」

突然の言葉に意味がわからず、エミルはきょとんとした。

「私でもいいのか」

少し口ごもりながら、それでも彼ははっきりとそう問いかけてきた。

「ルドヴィクさまでも……？」

まさかまさか。恐る恐る、たしかめるように彼の顔を見あげながらエミルは訊き返した。ルドヴィクは視線をずらし、浅く息を吸ってからボソリと呟いた。

「きみが……望むなら」

それは……つまり。どくどく……と、鼓動が破裂しそうなほど音を立てることがあるのを初めて知った。

いいの？　本当にそう言ってもいいの？　ゆるされるの？

不安と恐れと期待と甘い疼きが……渾然一体《こんぜんいったい》となってぐるぐると胸で渦巻くのを感じながらエミルは答えた。

「うん……ぼく……ルドヴィクさまが……いい」

ついに口にした。鼓動は別の意味で乱打していた。

「……だれでもいいなら……きみの主人は私だ、私が抱いてやる」

もしかすると、これで自分の楽園生活は終わってしまうかもしれないと思ったけれど、それならそれで死ねばいいとひらき直った。

さっき海に捨てられると思ったときとは違う。心が満たされたせいか、淋しさはない。雪山で凍ったまま死んでいたかもしれない自分の残りの人生。このひとが助けてくれて、このひとを好きになるというおまけの時間は、これまで生きてきたなかで一番幸せで、天国のようにすばらしかったから。

好きにならないで欲しいと言われたから、好きな気持ちは伝えない。でもゆるしてもらえるなら、一度でいいから彼に抱きしめられたい。

好きという感情の先にある愛しあうという行為——それが彼にとって意味のない義務のよう

なものであっても。彼に触れられるのなら。

「ルドヴィクさまは？」

「私は愛されたくもないし、愛したくもない。だが、ただするだけなら……きみがだれかに抱きしめられたいと望むなら」

深い息とともに肩に伸びたルドヴィクの手が肌にふれる。その熱さに息が震える。

抱いてくれるのだ、自分を。ああ、泣きたくなる。神さま、ありがとう、おまけの人生で大好きなひとと触れあえる喜びに全身が熱くなっていく。

「どうせなら私としろ。きみのことを化けもの呼ばわりし、見せものにするようなやつらではなく、私にしろ。私は少なくともきみをそんなふうに思ってはいない」

ふっとエミルは口元に笑みをきざんでいた。

「そのほうがずっといいはずだ」

「そうだね」

エミルはさらに微笑を深め、そう答えていた。笑顔が消えない。多分、あまりにうれしくて笑みが消えないのだと思う。

「いいな、これからきみと触れあうのは私だけだ」

「うん」

「いいな、私以外に抱かれるな」

「約束する」

「悪魔祓いなどというやつらに好き勝手させるな」

「うん、しない」

「約束だ、だれにも触れさせるな」

「うん」

「いいな、もう二度と、もう二度と……私以外のだれかにあんなことを」

どうしたのか。ルドヴィクがとても傷ついているような気がして愛《いと》しくなった。

ぼくから愛されたくない、ぼくを愛することもないと宣言していながら、それでも愛されているような気がするのは自分の思いこみだろうか。

「大丈夫、そのときは死ぬから」

あまりにも彼が愛おしくてエミルは笑顔でそう答えていた。

「そのときは死ぬ。あなた以外に触れられたら死ぬ」

でも淋しくはない。心も体も満たされさえすれば。

「いや、そのときは相手を殺して、私が死ぬ」

ああ、その言葉がたまらなく心地よくてどうにかなってしまいそうだ。本当に甘い毒だ。胸の奥が痺れたようになっている。

ただの触れあいなのに。感情などないのに。

好きでなくてもいい、愛されなくてもいい。好きになるなと言われたままでいい。これだけで十分だ。独占欲だけでエミルは自分が今世界で一番幸せだと感じた。

「きみは……私だけのものだ」

彼の指が胸にふれ、爪の先でおしつぶされる。かっと火花が散ったような感覚に、エミルはとっさに唇を噛みしめた。

「あ……な……っ」

なんだろう、この感触。体の奥がこれまで感じたことがないむず痒さにぞわぞわとしてくる。胸の小さな粒に触れられただけなのに、たちまちなやましい感覚がエミルの体の内側を熱くしていた。

「ここ、ほかの男に弄《いじ》られたのか」

「ちょっとだけ」

「ここは?」

「……ううん……初めて」

「本当に……これまで一度もないのか」

「だって……醜いから」

「醜くはない。それは魔除《まよ》けの護符のようなものだ」

「え……」

悪魔ではなく、魔除け？

「そう、そのやけどのあとは……私以外のものからきみを護《まも》ってくれる護符の役割をしてきたのだと思えばいい」

護符……どうして彼がそんなふうに言うのかさっぱりわからなかったけれど、今まで悪魔の印だ、呪われていると言われてきたものを彼がそんなふうに神聖に感じてくれていることに、胸が切なくなって泣きそうだった。

そうなんだね、これはぼくを護ってくれているものなんだね。

エミルを寝台に押し倒し、のしかかるように首筋にルドヴィクが顔をうずめてくる。

吐息が皮膚を撫で、ぞくりと背筋が痺れた。

その痺れに胸が切なくきしむ。そして今まで自分のありとあらゆるところがどうしようもない飢餓感《きがかん》でいっぱいだったことに気づいた。

彼に触れられただけで、一瞬にしてそれが満たされたように胸の奥が透明になり、心が綺麗になっていくのがわかる。

こういうことがしたかったのだ。自分はルドヴィクさまとしたかったのだというのがはっきりとわかって涙が出てくる。

「いや……なのか？」

涙に気づき、ハッとした様子で問いかけられ、首を左右にふってエミルは微笑する。案じてくれている。やっぱり彼はとても優しい。

「大丈夫、楽しいから……こうして触れられることが」

うれしいから……愛するひとのぬくもりが……という代わりにそう答えた。

どちらの胸もわけへだてなく、彼がキスをしてくる。まっしろな肌の乳首にも、ひきつったような、まだらに変色した皮膚で陥没《かんぼつ》したようになっている乳首にも。大切にされているのだ。綺麗な皮膚も醜い皮膚も変わらずに。

そのせいか、彼が触れたところのすべてが淡い幸福の膜《まく》のようなもので包まれていく気がして、ツンとした甘い痛みに鼻の奥が痛くなる。まなじりから熱い涙が流れ落ち、こめかみはいつのまにかぐっしょり濡れていた。

「……っ」

やがてルドヴィクはエミルの下肢《かし》に顔をうずめてきた。

ターバンに包まれた彼の髪が皮膚にふれ、彼のあたたかな舌先がだれも触れたことのないところにやわらかく絡《から》みついてくると、安らぎのようなものが全身に広がっていく。

安心感とともに湧いてくる熱っぽい気持ちよさに、腰が自分勝手に悶《もだ》え、エミルは甘い声をあげてしまう。

「ん……っ……ふ……あっ……ああ」

「ほかのやつとは絶対に触れあうな、きみは私の従者だ」

身をよじらせながらエミルはシーツに手をさまよわせた。さっきあれだけちゃんと約束したのに、また問いかけてくる彼の独占欲が頑丈《がんじょう》な鎧《よろい》のようにエミルをすっぽりとおおってしまう。ここに入っていろ、これで守られていろ、ここから出るなと告げられているように。

「あぁ……っ……ああ」

自分のものが形を変え、彼の口内を圧迫していく。そんな自分の変化への驚きと恥ずかしさでいっぱいいっぱいなのに、なぜか妖しい喜びも湧いてくる。

ぼくを咥えているのはルドヴィクさま。だれでもないルドヴィクさま。ぼくを独占したがっている。ぼくを抱こうとしている。

そのことに胸が切なく痺れてどうしようもない。やがて後ろを指でほぐされ、初めて感じる甘い疼きのような刺激にエミルはたまらなくなって声をあげた。

「あ……あぁ……ああ……あっ」

エミルの肌身はうっすらと汗ばみ、形を変えたものの先からはとめどなく蜜《みつ》があふれだす。

「したければ私が相手をする。だからあんなふうに言うやつとは二度とするな」

憎しみとも怒りともつかない声に、幸福感がさらに大きくなった。できるなら、もっと責めて欲しい。そのときだけルドヴィクが自分を見つめ、ルドヴィクの唇が自分のことを語ってくれる。それがうれしい。鎧のようでもあり、檻《おり》のようでもある。ああ、その独占欲に包まれていたい。

「……」

言葉の代わりにうなずいたエミルに、ルドヴィクは告げる。

「最後まで……するぞ」

「うん……して」

まぶたを閉じて呟いた瞬間、大きくひらかれたひざの間にルドヴィクが入ってきた。ぐちゅっと濡れた音がして、体内にはっきりと彼がいるのがわかって、あまりの嬉しさにこのまま死にたくなった。

「いいな、私以外のものになるな」

「あ……ぁ！」

猛烈な圧迫感に体内が痺れて頭が沸騰《ふっとう》しそうになった。けれどたまらなく狂おしい。どうしようもなく恋しい痛みだった。

「きついな、だが……とても熱い……きみがこんなに熱かったなんて」

「あ……あぁ」

ルドヴィクの背に手をまわし、きりきりと爪を立ててしまう。

「いいな、きみとしていいのは私だけだ」

激しくこすられ、摩擦《まさつ》をくりかえさるうちにやがて痛みのむこうにじわじわとそれ以外の甘苦しい感覚が芽生《めば》え始める。

「いいな」

何度も何度も念押しされると、体の心地よさが増幅していくようだ。エミルの爪はさらに彼の背に食いこみ、体内はさらに彼を締めつけている。

「……っ……あ……あ」

こんな行為があったなんて。この世界にこんな幸せがあったなんて。

「お願い……もっと…」

「もっと?」

問いかけられ、エミルは覚悟を決めたようにまぶたを閉じる。

「ずっとして……なにをしてもいいから……」

根元まで深々と貫かれていることに幸せを感じる。自分がルドヴィクとつながっていることが奇跡のようにうれしい。

「あ……ぁ……っ」

胸のうちから湧くどうしようもない愛しさ。絡みあう肉の音、ベッドの軋み、それからやわらかにほおに触れるルドヴィクからのキス。左も右も変わらずにしてくれる。そっと大切なものに触れるかのように。

自分がルドヴィクに満たされていく喜びにエミルは涙が落ちるのを止められなかった。

5　エミル――護符

その日から、エミルは毎晩のようにルドヴィクと褥《しとね》を共にした。

ザラとは会わなくてもいいのだろうか。恋人なのに、別の人間としていてもいいのだろうか。心配になってエミルが問いかけると、彼は「ザラは理解がある」とだけ答えた。

彼と褥を共にするのはとてもうれしい。

けれど体を重ねれば重ねるほど、愛が欲しくなってくる自分の気持ちが怖い。

明け方、ルドヴィクをかたわらに残し、エミルはベッドから抜けでて奥の庭へと進んだ。

朝、空気がとても静かで風ひとつない。ただ波の音やカモメの声だけが聞こえてくる。狼《おおかみ》犬《けん》たちもまだ小屋のなかで眠っているようだった。

糸杉《いとすぎ》のアーチを抜けると、天人花《てんにんか》の甘い香りがエミルを静かに迎えてくれる。

アーモンドの花、オレンジやレモンの木々、柘榴《ざくろ》の木々、それから薔薇《ばら》の茂みの中央に泉があり、さらさらとした音を立てて繊細《せんさい》なイスラム風タイルの上を水が流れていく。

いつも思う。ここだけオスマン帝国のようだ。多分、ルドヴィクはここに故郷を再現したのだ。遠い故郷、帰れない場所が恋しいのだろうか？

――パムパムの話だと……彼はだれとも故郷の話をしないし、特に帰りたいと思っているような感じではないらしいけど。

それなのに、どうしてここにそんな世界を造ったのか。この庭園やウードの響きのむこうに、彼の心のなかにある闇のようなものをさがそうとするのだけど、エミルにはまったく見えてこない。抱きあっていても、触れあっていても、見えてくることはない。彼の心の奥にかたくなに閉ざしている場所があって、そこにはだれも入りこめないのだけはわかる。パムパムがそう言っていた。でももしかするとザラだけは入れるのかもしれない。

「どうしたんだ、こんな朝早く」

ルドヴィクがパムパムを抱きながら現れる。

「夜明けの中庭が見たくて」

まだ太陽がのぼる前の、青くて静かな空気が心地いい。

「ここが好きなのか？」

「うん、ここオスマン帝国みたいだよね。ぼく、死んだら……ここで眠りたいな」

「無理だ」

すかさず当然のようにかえってきた言葉に、エミルは思わずルドヴィクをにらみつけた。

「ひどい、どうして」

「ここはラグサ共和国の土地であって、私のものではない」

「それなら仕方ないね。じゃあ、あの雪山がいいな。もともと野垂《のた》れ死ぬ予定だった場所……

あなたがぼくを拾ったところ」

「多分、私のほうが先だ。私が逝《い》ったら、そこに埋《う》めてくれ」

「あそこはぼくの場所だよ」

「私もそこがいい」

自分もだなんて……そんなこと、どうして言うのだろう。愛されているとかんちがいしてしまいそうだ。エミルはじっとルドヴィクを見あげた。

「見るな」

ルドヴィクが視線をずらして噴水のへりに腰を下ろす。

「……え……」

「決意が揺らぐ」

ぼそっと飛びだしたルドヴィクの言葉にエミルは小首をかしげた。

「決意って……」

「いや、何でもない。きみのその目が苦手なだけだ」

「えっ、ぼくに……見られるの、嫌い？」

「そうではない……逆に……いや、何でもない」

ルドヴィクがそっぽをむく。どうしたのだろう、なにが言いたいのだろう。

苦手だということは嫌いだということではないのか。わからない、彼は本当に不可解だと思いながらエミルが視線を落とすと、それまで彼のひざにいたパムパムがエミルの肩に移動し、みゃあみゃあと話しかけてきた。

『大丈夫だよ、彼、エミルの目、大好きだよ。その目に見つめられると、護《まも》られている気がするって。どんな護衛よりもたのもしい護符《ごふ》だって』

え……とエミルが驚いて目を大きく見ひらくと、肩に乗ったパムパムがゴロゴロと喉《のど》を鳴らしながらほおをすり寄せてくる。

『本当にめんどくさいやつだよね、ルドヴィクって。あっ、この話は内緒だよ。エミルには言うなよって言われていることのひとつだから。でもエミルの目はルドヴィクにとってファティマの目だって言ってたよ』

ファティマの目とは、通称ハムサというお守りのことだ。ファティマの手ともいうけれど、手のひらの真ん中に目が描かれている。邪悪なものから守ってくれる魔除《まよ》けだったはず。

――ぼくが護符……魔除け……どうして。

パムパムに問いかけたい。理由を知りたい。でも秘密をこっそり教えてくれたパムパムに悪いのでこの場ではこれ以上は訊けない。でも心で誓う。

――死んだら、ファティマの目みたいに護ってあげるよ。護符になるよ、ルドヴィクさまの護符に。どうしてそんなふうに思っているのかわからないけど、少なくともぼくが嫌いではないってことだよね。

エミルはそっとルドヴィクの隣に腰を下ろして彼にもたれかかった。

「エミル……」

「いいんだ、ぼくのこと、嫌いじゃなければそれで」

「嫌いだなんて……」

「なに？」

笑みをうかべると、あごをつかまれ、唇をふさがれた。

「ん……ん……」

そういえば、口づけをするの、初めてだ。何度も体をつないだのにキスをするのが初めてだなんて変だね。だから鼓動がどくどくと激しく音を立て始めているのかもしれない。

唇を触れあわせながら、ルドヴィクがゆっくりとエミルを噴水の手すりに横たわらせる。パムパムが『ごゆっくり。お邪魔だから消えるね』と呟き、二人の胸の間から苦しそうに抜け、中庭へと飛び降りていく。

「……っ……ふ……っ」

そっとひらいた唇のすきまからルドヴィクの舌が入りこんでくる。そのとき、ふわっと天人花と柘榴の花の甘い香りが唇の間を通り抜けていくような気がした。

オスマン帝国に咲いている花だ。彼の故郷の香り。胸と胸をあわせていると、ひんやりとした冷たい空気が伝わってくる。これはこのひとの孤独のせいだ。

護符ってなに？　なにから護られたいの？　決意が揺らぐってどういう意味？

問いかけたい言葉を喉の奥にとどめ、エミルはルドヴィクの背に腕をまわして唇をあずけた。

「エミル、よくきてくれた。先日のカロリナの非礼を詫《わ》びたい」

数日後、呼びだされ、大公の部屋に行くと上等で優雅な衣服を身につけた中年の男性が現れた。一目でオルツィ大公だというのがわかった。

玉座《ぎょくざ》のような椅子に大公が座り、エミルとルドヴィクはそこから一段低くなったところに臣下のようにひざまずいた。

「カロリナ公女は？」

ルドヴィクが問いかけると、大公は深くため息をついた。

「彼女は怪しい占い師にそそのかされてね」

大公の話によると、イタリアで夫に死なれ、さらにルドヴィクとの縁談もうまくいかないことで気鬱《きうつ》になったカロリナは、宮廷に出入りしていた占星術師《せんせいじゅつし》と親しくなり、悪魔的なものに惹かれるようになっていった。

「ティビーの目は、私の前の妻の呪いのせいでああなったとか、エミルは悪魔に呪われているとか……妄言《もうげん》を口にするようになってね、このままだと彼女こそ異端審問《いたんしんもん》にかけられてしまう恐れがある。だから修道院に」

「申しわけございません、どうしても縁談をおひきうけできず……」

ルドヴィクが丁重《ていちょう》に謝罪する。

彼がカロリナとの縁談を断った理由。今ならエミルにも理解できる。彼は自身のことでだれかに負担をかけたくないのだ。万が一にでも、ラグサとオスマン帝国が戦争になったら、カロリナはどうなるのか。もし自分と彼女との間に子どもができていたらどうなるのか。

ルドヴィクは幼いときからずっと幽閉《ゆうへい》されていた。それがどれほど孤独なのか。そしていつ殺されるかわからないという立場がどれほどの絶望なのか。彼は自身と同じような人間を作りたくないのだ。だからいつも心を閉ざしている。ルドヴィクははっきりとは言わないけれど、肉体をつなぐたび、そうした心の壁の冷たさがエミルの体内に流れこみ、よりいっそう彼を愛おしく思うようになっていた。

他人を愛そうとしないのは、その孤独ゆえ。他人からの愛を求めないのも、相手を自身の問題にまきこませたくないため。心に壁を作って、そこにだれもいれないのは自分の運命を覚悟しているから。

——ぼくは……ぼくはどうしたらいいんだろう、どうしたらルドヴィクさまに少しでも幸せを感じてもらえる存在になれるのだろう。

非力な自分が哀しい。何の力もない自分が悔しい。もしも自分がカロリナだったら、強引にでも結婚して、どうにかして彼を守る方法がないか必死にさがすだろう。

「とにかくカロリナのことできみたちには本当に迷惑をかけた。幼いティビーのため、きみのような親族がいてくれたらとカロリナとの結婚をすすめたが……そのほうがきみにとってもよいと思って。しかしカロリナときたら、ティビーの目まで悪魔だのなんだのと言い出して」

呆れたように言う大公に、ルドヴィクが問いかける。

「ティビーどのの目は……生まれつきですか？」

「いや……一応そういうことにしているが、生まれたばかりのころ、敵対者に毒を盛られてね……すぐに解毒《げどく》の薬を飲ませたのだが、高熱が出て」

「毒？　……だからヤーコブ先生のところでも毒の研究を？」

エミルは思わず問いかけた。

「そう、私の前の公妃《こうひ》も息子も……逃亡先で毒殺された。だから解毒剤の研究は、私の悲願なんだ。だれももう殺されないで済むよう」

大公はそう言うと、エミルに視線を向けた。

「きみ、ヤーコブの助手をしているんだね」

大公が問いかけてくる。

「はい、初めまして」

「この前、タペストリーの前でカロリナと話している姿を見てずっと気になっていたのだが、なつかしい、きみを見ていると亡き公妃を思いだす」

「もしかして、あの一番新しいタペストリーの？　たしか海を背景にした……」

「そうだ、あそこに描かれているのが私と最初の妻との結婚式だ。今の妻ではなく。白鳥姫とあだ名されていた美しい女性だった」

悪意のようなものは感じない。それどころか好意を感じた。

「きみはとても美しい子だね」

「え……」

やけどのあとがあるのに美しいなんてどうしてそんなことを……と疑問に感じたことの答えは、すぐに大公の口から出てきた。

「亡き公妃に……そう、私の初恋の相手に似ている。この前、見かけたときもそう思ったが、こうして間近で見ると、彼女の儚《はかな》げな美しさや愛らしさを思いだして切なくなる。ルドヴィク、彼は君の愛人なのか？」

「いえ、大公……彼は猫の世話を頼んでいるだけです」

「そうなのか？」

問いかけられ、エミルはうなずいた。

「はい、猫の世話をしています。あとは抱いてもらってます」

エミルの返事に大公がクスッと笑った。

「それでは……愛人ということになるではないか」

「いえ……そう決めているわけではなく。私にはザラという恋人がいますので」

「ああ、エティオピアの女性だな。彼女との結婚は考えていないのか」

「はい。私はだれかと子どもを作る気はありませんので」

ルドヴィクはきっぱりと答えた。

「どうして」

「また殺されてしまいます、私の母のように私も常に命を……」

「それでカロリナとも結婚しないと」

「はい」

「ザラとも？」

「はい、だれとも」

「私が結婚してもいい、庇護《ひご》すると言ってもか？」

「父が許しません、もちろん兄も」

ルドヴィクの返事に、大公は肩で息をついた。

「では本題にもどる。もう一度、尋ねるが、エミルは本当に愛人ではないのか？」

「はい、私にはザラがいます」

「エミル、きみは彼のものではないのか」

「ぼくは……彼のものじゃなくて……ぼくが抱いて欲しくて抱いてとたのんで……それで」

正直に言うエミルにルドヴィクが手を伸ばしてくる。

「エミル、そういうことは人に言うものではなく」

「でも本当のことだよー。ルドヴィクさまはぼくのことは好きじゃないけど、ぼくが醜《みにく》くてだれにも抱きしめてもらったことがない、そのことが淋しい、人肌が欲しいって言ったら抱いてくれたよね。醜いと思うようなやつらを相手にするよりは自分のほうがいいからって」

するとと大公がおかしそうに笑った。

「そうか、それはルドヴィクの言うとおりだ。醜いなんて言うやつの相手はしないほうがいい。きみは醜くなんてない。むしろ綺麗だ」

「ありがとうございます」

見つめると、大公は目を細めて微笑した。どうしたのだろう、その笑顔を見るとホッとする。ルドヴィクへの感情とはまた違うものだけど、胸の奥があたたかくなってきた。大公が本当に優しい気持ちで自分を見ているのがわかるからだ。

「それでは、私が彼を愛人にしても問題はないということか」

「え……今……何と」というルドヴィクと「え……今、何て」と驚いたエミルの声が重なって広間に反響する。

大公は椅子から立ちあがり、前まできてエミルに手を伸ばした。

「初めて見たときから彼が気になってしかたないんだ。この子を見ているとどうしようもなく胸がざわつく。昔、愛した女……かつての公妃が生き返ってきたようだ」

「……そこまで……似ているのですか？」

「顔立ちもだが……それ以上に空気が」

そこまで言うと、大公は神妙な顔でルドヴィクを見た。

「ルドヴィク、実はね、きみの父親がいよいよもう危ないらしいという情報が流れてきたんだ。まだ極秘のようだが、おそらく近いうちに。そうなったときは兄の皇子がきみの身柄をかえしてほしいと使者をよこすだろう」

「……っ」

ついに、来たか——というルドヴィクの声が聞こえる気がした。

「もし彼を私の愛人にと献上《けんじょう》してくれるなら、使者からきみを守ってもいいぞ。アドリア海の貿易権の一部を条件にすれば……」

「お断りします」

ルドヴィクは大公の言葉をさえぎった。

「私は従者をそんなことのために利用したいとは思いません。貿易権など論外です。ご迷惑をおかけする気はありません。そうなったときはきっぱりと運命を受け入れる覚悟でいましたから。ですから……」

エミルは「待って」とあわてて割って入った。

「ひどいよ、勝手に断らないでよ。ぼく、愛人になりたい。ぼく、大公ともしてみたい」

ルドヴィクがえっと眉をひそめる。

「ダメだ、私のためにそんなこと」

「違うよー、ぼく、ルドヴィクさまとはもうしたくないんだ。ザラさんのことが好きだと言ってるのに、ぼくと遊んでいる。そういうの、好きじゃないんだ」

「エミル……」

「ぼくはパムパムの世話をするのは好きだけど、もうルドヴィクさまとは嫌なんだ」

なにより大切なのは彼の命。そのためにも力が欲しい。彼を守るための。だから。

「でもねー抱かれるのは好き。だから、それなら、ぼく、自分を好きになってくれそうな大公のほうがいい。彼もぼくのことを醜いとは思っていないから」

エミルの言葉にルドヴィクの顔がひび割れていくのがわかった。

「そう……なのか」

「そうだよ」

ルドヴィクに抱かれているときほど幸せなことはない。けれどそのたび、彼の孤独や彼が未来に対して何の希望も抱《いだ》いていないことがわかって哀しい。

一生分、大事にしてもらった気がする。だからこれからは彼のためになにかしたい。大公に仕《つか》えることがそれにつながるのなら。

「わかった、では大公の愛人になればいい……大公、彼をよろしくお願いします」

ルドヴィクの表情が読めない。彼の肩に手を伸ばして触れてみても何の感情も見えない。いつものように強固で冷たい壁を感じる。

「でもパムパムの世話はするよ。動物園も行く。新しくハイエナの一家がきたんだ。ぼく、仲良くなろうとしているところで。この前、あいさつしたんだ」

するとと大公が答えた。

「そうだ、アフリカから献上されたブチハイエナだ」

「うん、獰猛《どうもう》だって言われてたけど、ぼくとは楽しそうに話をしてくれたんだ。あの子たち、いつもいつもぐるぐる動いていてとっても可愛いよね。すごく頭が良くてね、算数もできるし、いろんなことを考えてくれるんだ。ぼく、撫でるの、大好き」

「それはいい、毒蛇《どくへび》とも話ができるそうだが」

「うん、さっき話していたヤーコブ先生の解毒剤作り、ぼくも手伝ってるの。毒を出してね、とたのむと、ちゃんと出してくれるんだ。だからたくさん解毒剤作れたってヤーコブ先生が話してたよ」

「そういうところも亡き公妃と似ている。彼女も子どものころ、動物と話をしていた」

「本当に？　ぼくのように？」

「ああ、子どものころだけだが」

「大公さま、その人のこと、子どものころから知ってたの？」

「幼なじみだったからね、よく一緒に遊んだんだ。あの動物園は元々はこれまでの総督《そうとく》の猛獣コレクションだったんだが、彼女がそういうのではなく虐《しいた》げられた動物たちの保護施設にしたいと言い出して。それで今のような形になったんだよ」

大公が亡き公妃を愛していたのがよくわかって、そうか、愛とはこういうものなのかと思った。自分は公妃ではないけれど、顔も似ていて、動物の気持ちが理解できるところも似ているのなら、大公はきっとものすごく大切にしてくれるだろうと思った。

自分が大公から大切にされ、愛される努力をすれば、大公はルドヴィクにも絶対に悪いようにはしないというのがわかる。きっと守ってくれる。

「大公、では、エミルのことをよろしくお願いします」

ルドヴィクは静かに大公に頭を下げた。

「来週までにエミルの部屋を用意しておく。三日後、ここに彼を連れてきてくれ」

宮殿から邸宅《ていたく》にもどると、「いいのか、それで」とルドヴィクが問いかけてきた。

「いいんだよ、それで」

「約束したのに、私以外と触れ合わないと」

「ごめんね。でも大公さまはぼくを醜いとは思わないから、それならルドヴィクさまだって構わないって思うでしょ？」

「エミル、そうではなくて」

「ぼく、愛されたいんだ。亡き公妃の代わりでもいいから」

「だが、身代わりだぞ」

「うん、でも愛があるから。あなたからは得られない愛。あなたはだれも愛さないんだよね」

そのとき、ルドヴィクがとても哀しそうな顔をしていることに気づいた。

「ああ」

「愛してほしくもないよね？」

「愛は必要ないんだ」

「ザラは？」

ルドヴィクはエミルから視線をずらした。後ろめたそうな横顔に、彼の真意が透けて見える気がした。ザラは言い訳だ。彼の真意は違う。彼は孤独のまま生き、死ぬつもりなのだ。

「言い方を変えよう。きみから愛されたくない……それだけだ」

「それなのに抱いたんだよね」

「かわいそうだから抱いただけだ。私は……きみを愛していないいし、きみからの愛も望んでいない、前にも言ったように」

「わかってる、何度もそう聞いた」

「優しくしたのは、きみがかわいそうだったからだ。助けたのだってそうだ」

「助けたのも？」

「死にたがっている人間をそばに置いておくと、死に近い場所にいる自分が救われる気がしたのだ。だからそばにおいた。それだけだ」

それだけ。ただそれだけ。

「抱いたのもそうだ。死にたがっているやつを抱くことで、救われた気がした。だからザラではなく、きみを抱いた。でも愛しているのはザラだ」

涙が出てくる。ボロボロと大粒の涙が。もう彼が本当に死を覚悟しているのがはっきりとわかるから。

「わかったよ、それでいいじゃない、もう」

「大公の前ではなにがあっても泣くな、嫌がっているように思われる、大公と仲良くするんだ」

「うん……笑顔にする、そうするから……」

「するから？」

そうするから故郷にもどらないで……と言っても、ダメだよね。あなたは死を覚悟してもどるんだよね。

「……ううん……何でもない……これまでありがとう」

エミルは笑顔を作った。護符にならなければ。彼を護らなければ。そのためにどうすればいいのか。

6　ルトヴィク——本当の愛

エミル……。売り言葉に買い言葉のようにあいつが大公のところに行くのを承諾し、背中を押すような発言をしてしまったが、ルドヴィクの心は晴れなかった。それどころかどうしようもない苛立《いらだ》ちを感じていた。

帰宅後、エミルと言い合いをしてしまったあと、ルドヴィクはそのまままっすぐと奥の書斎にむかった。

広々とした建物の奥にもうけられた書斎は、ルドヴィクの一番落ちつく場所だ。

細密画《さいみつが》が刻まれた扉を静かに開けると、ひんやりとした空気がルドヴィクのほおを撫でる。

燭台《しょくだい》の火が灯《とも》っただけの、光の届かない薄暗い空間。

「パムパム……きみとも別れのときがきたな」

いつものように猫を抱き、ルドヴィクは部屋の中央に横になった。みゃおんみゃおん……となにか訴《うった》えてくるが、エミルと違ってルドヴィクにパムパムの言葉はわからない。

「もうすぐ国に帰ることになる。この前は私に万が一のことがあったときはイルハンの母親に託《たく》すつもりで連れて帰ったが、今はもうエミルがいるから大丈夫だな、ここに残ってエミルと幸せに暮らすんだ」

エミルの言ったとおり、パムパムは人間の言葉を理解しているのだろう。トントントントンと前肢《まえあし》でこちらの肩にパンチのようなものをくりだしてくる。

「ありがとう、これまでそばにいてくれて。エミルと再会させてくれて。短い間でも幸せだったよ。だが、この気持ちは……永遠にエミルには秘密にしておいてくれよ」

パムパムの前肢をとり、小さくてやわらかな甲にルドヴィクはそっとキスをする。

——ずっと彼の気持ちを突き放してきたのに、今さらなにを傷ついているのか、私は。

自分よりも大公のほうがいいとエミルがはっきり言ったとき、心の底が凍《い》てつくような哀しみをおぼえたが、母の言葉を頭に響かせ、自分にはやるべきことがある、今、手放したほうがエミルにとってずっと幸せだからと己に言い聞かせた。

『憎い、アイシャの罠《わな》よ……私はあの女に殺されるの……憎い……この国が。ルドヴィク……

どうか復讐を』

父が亡くなったとき、アイシャと兄をこの世界から消す。その結果、自分が死刑になるとしても……と決めてきた。そのためにもだれも愛さない、この世に生をなしている限り、だれかを愛したりしない。そう決意していたのだ。

だからエミルの気持ちに気付きながらも自分の気持ちを自覚しながらもずっとずっと押し殺してきた。

それなのにここにきて自分はどうしてこんなにも焦《こ》げそうな想いに苦しんでいるのか。エミルのあの言葉のせいだ。

『でもねー抱かれるのは好き。だから、それなら、ぼく、自分を好きになってくれそうな大公のほうがいい。彼もぼくのことを醜《みにく》いとは思っていないから』

違う、私だってきみが好きだ。私のほうがもっともっときみを。大公は身代わりだと言ってるんだぞ。だが私は純粋にきみという人間を――という本音を口にして彼をひきもどすことなどできない。彼がどうしてあんなことを言ったのか、本心に気づかない自分ではない。だから、あえてそうして大公のもとに行こうとしているエミルの茶番に乗ることにしたのだ。本当はだれにも渡したくないが、このままオスマン帝国に連れて帰るわけにはいかない。大公なら信頼できる、これ以上、安心できる相手はいない、自分にはやるべきことがあるではないかと己に言い聞かせているとイルハンがやってきた。

「先ほどオスマン帝国より使者がきました。皇帝がまたお倒れになったようです。近いうち帰国することになるかもしれませんのでご覚悟を」

やはり大公が話していたとおりか。「わかった」と返事をしたルドヴィクにイルハンは歩み寄ると、ひざまずいて祈るような声で訴えてきた。

「どうしてカロリナさまと結婚しなかったのですか。それなら断ることだってできたのに」

「愛していない」

それもあるが、保身のためにだれかを犠牲にしたくなかった。

「身分の高い人間の結婚に愛は関係ありません。そうすれば少なくともオスマン帝国には帰らずにはすみました。それなのにどうして」

「おまえがそれを言うのか」

こちらの監視役のくせにという意味をこめて言うと、彼はルドヴィクの手をつかんだ。

「一応、オスマン帝国には私が見たままの事実を伝えています。公女との婚約を断り、陳情《ちんじょう》者《しゃ》の声をすべて無視し、政治に興味を示さず、ただただ大人の遊び場でどんちゃん騒ぎをして娼婦《しょうふ》と遊んでいるかと思えば、邸内では拾った少年との肉欲《にくよく》に励《はげ》んでいるバカ皇子だと」

そう、そう報告してもらわなければ困る。そのために大人の遊び場の常連となっていたのだ。

エミルとの関係は……元々の予定にはなかったが。

「ここから先は私の独り言として聞いてください。報告書には記《しる》していません。私はルドヴィクさまにこそ帝位《ていい》をついで欲しいと思ってきました。陳情者たちを自分に近づけるなとお命じになるたび、私は立場的にあなたをいさめるしかありませんでしたし、こんなことを言ったら私も反逆罪で処刑されるかもしれませんが、あなたは兄上よりもずっと理想的な君主になられると思っております。平和的で、人にわけへだてがなく、戦争が嫌いで、生真面目《きまじめ》で、他者への思いやりがあって……ですが」

イルハンは深くため息をつき、ルドヴィクから手を離した。

「それでは今の時代……国を守ることができない。戦争によって領土を広げ、人を支配して、民衆の血を流して、敵だけでなく、敵になる可能性のある者、それが身内であっても容赦《ようしゃ》なく切り捨てなければ……国は守れない。その残忍《ざんにん》な強さがあなたにはない」

「知ってる」

「あなたはそんな君主にはなりたくないのですね」

「そうだ」

「ご自身がいつ殺されるかわからない身だからこそ、エミルどのを拾ったのですよね。パムパムもそう。彼らが生きようとする姿を見て『生』を身近に感じ、生きることも愛することもまっとうできないかもしれない未来を代替わりさせている。あなたは昔から変わりませんね」

かくす必要もないと判断し、ルドヴィクは、ああ、とうなずいた。

「かわいそうに……あの子は、本気であなたを愛してますよ」

「一時的なものだ」

「大公は少なくともあなたよりも彼を大切にするでしょうね」

「そうだ」

「最低ですね、人としてクズですよ」

「ああ、私はクズだ」

ルドヴィクが冷たく笑うと、イルハンは肩で息をついた。

ではどうしろと言うのか。彼を愛しているとでも言えばいいのか？　だがそれでは共倒れだ。気持ちを隠して大公の元に行こうとしているエミルの可愛い嘘に乗ってやるのが私の愛だとでも言えばいいのか？

「放っておいてくれ。私は保身のため、彼を大公に差し出す。そんなクズなのだ。彼は多分私を守ろうと、大公にたのみ、オスマン帝国の使者の申し出を断るように訴えるだろう」

「そうでしょうね。それでいいのですか」

「それ以外どうしようもないではないか。私は自分の身がかわいい」

「最低ですね。そんなことになったら、オスマン帝国がラグサ共和国に戦争をしかけるかもしれないのに。今の皇帝はそこまでの気力はありませんが、あなたの兄上はやりかねません。この国を攻める口実をさがしているのですから」

やはりそうなのか。兄の時代になったら、この国を攻めるつもりなのだ。友好の意思はない。

彼からその一言をあぶりだしたかった。

「ありがとう、私やエミルのことを心配してくれて」

ルドヴィクはパムパムを撫でながら彼に笑みをむけた。

「ルドヴィクさま……私は」

「少しひとりにしてくれないか。私は最低のクズだ、それでいいから」

イルハンを部屋から追い出したあと、ルドヴィクはパムパムを抱いてバルコニーへと出た。

カッと目映《まばゆ》い夕陽が目を灼《や》く。西の空が血のような色をし、ラグサの海を赤く染めていた。

――やはり……オスマン帝国は友好など考えていないのか。

ルドヴィクを友好のしるしの人質として送りこみながら、実はこの国を攻める口実を虎視《こし》眈々《たんたん》とさがしていたのは知っている。

イルハンはルドヴィクには忠実に仕《つか》えてくれてはいるが、あくまで監視役であり、かつラグサ共和国の動向《どうこう》を故国《ここく》に知らせるための密偵でもあるのだ。だからこそクズのふりをしてごまかさなければと思っていた。

だが、思ったよりも彼から本音を聞きだすことができた。イルハンも複雑な気持ちなのだろう。ここで自分やエミルと過ごすうちに情も湧くようになったのもあるし、同行しているうちに「大人の遊び場」に恋人もできてしまった。

「本当に人間の感情というのは厄介《やっかい》なものだな」

パムパムをソファに座らせると、ルドヴィクはバルコニーにもたれかかり、血のような夕焼けの海を見つめながらウードを手にとった。そして故郷の音楽を奏《かな》でる。

そうしていると天人花《てんにんか》の甘い香りが中庭からただよってきた。天人花、銀梅花《ぎんばいか》、柘榴《ざくろ》の花……故郷に咲いていた花の香りを吸うたび、こめかみが疼《うず》く。軽い頭痛とともに、血の匂いがよみがえってくる。真っ暗な闇につながれていたとき、ずっと聞こえていた声とともに。

『憎い、アイシャの罠《わな》よ』

この音楽と香りに呼び覚まされ、よみがえってくる母の声。呪いとなってルドヴィクをがんじがらめに縛《しば》り続けている。

エミルはルドヴィクが故郷をなつかしんで、ここをオスマン帝国のようにしていると解釈していたが、そうではない。失ったものをなつかしむほどの記憶はない。そうではなく、失ったもののむこうに残っているわずかな記憶を忘れないため、こうしているのだ。

どうして真っ暗な闇で過ごさなければならなかったのか。どうして夜が明けても自分のいる場所は暗いのか。どうして母は血の海で死ななければならなかったのか。

——私の目標……皇帝の死とともに国に帰り、処刑される前に復讐する。今ものうのうと生きている皇妃《こうひ》アイシャと皇太子と刺しちがえる覚悟で。

剣もできず、武芸もできない皇子、幼いころの記憶などなく、ラグサの大人の遊び場で酒池《しゅち》肉林《にくりん》に溺《おぼ》れているかと思ったら、拾った少年との肉欲に日々明け暮れているクズ皇子……とイルハンは報告している。

すべて復讐のためだ。その千載一遇《せんざいいちぐう》のチャンスをのがさないために、その日まで生き延びるために、クズでバカな皇子という印象を広めているのだ。

――そんなもののために生きているのがどれほどバカバカしいかは気づいている。

実際、その呪縛《じゅばく》から解き放たれたいという気持ちもあるが、ルドヴィクの五感がそれを許してくれない。

あのときから、自分は五感のうちの味覚というものを失ってしまった。

味覚がない＝毒殺しやすいということで、その恐れがあるのでだれにも知られないようにしているが、人がおいしいというものを食べてもどこがおいしいのかわからないのだ。辛いものも苦いものも甘いものも。大公からの食事の招待を断っているのもそれが理由だ。感想を求められるようなことがあってもなにも答えられないから。

――だが……エミルとは……彼と一緒に食事をしていると、味がわからなくても、どれもがとてもおいしく感じられる。彼が幸せそうに食べる姿を見るだけでそう感じるのだ。

そんなことを考えながらウードをひき終えると、それを待っていたかのように背後からエミルの声が聞こえてきた。

「ルドヴィクさま、パムパムのご飯の時間だよ、入っていい？」

書斎の扉をエミルがノックする。

「入れ」

「お邪魔しまーす。パムパム、ごはんだよ」

エミルは書斎に入り、パムパムの前に皿を置いた。パムパムがおいしそうにご飯を食べ始める。そのとき、彼は別の皿をルドヴィクの前に置いた。

「なんだ、これは」

「前に約束したから。バクラヴァ、作ってみたんだけど」

そこにあるお菓子を摘《つま》んで口に含む。香ばしいナッツとはちみつの香り。パイ生地。食感もいい、香りもいい、だが、残念なことにルドヴィクには味がわからない。

「下手だな」

うそでもおいしいと伝えればよかったと思う。けれどなぜか伝えたくなかった。

「わかった……ごめん、じゃあ、作り直すよ」

「必要ない、きみの作ったものを食べる気はない」

ルドヴィクはわざと冷たくそう言い放った。エミルは目を大きくみはり、信じられないものでも見るようにルドヴィクを見つめた。彼の哀しそうなまなざしが痛い。

「私が食べたいのは、トルコ人が作った本物のバクラヴァだ」

わざと意地悪く言うと、ぎゅっと手のひらをにぎりしめ、ルドヴィクをじっとにらみつけたあと、エミルは外に出ていった。自分で意地の悪いことをしながらも、エミルにもっと食い下がってほしいと思ってしまう矛盾《むじゅん》した気持ちに死にたくなる。

――こんなもの……私に作ったりするな、バカ。もっともっときみが好きになってしまうではないか。きみを抱きしめ、どこかにさらって逃げたくなるではないか。だれもいない場所に、ふたりだけで生きていける場所に。

だがそんなことをしたら、ルドヴィクを逃《のが》したという難癖《なんくせ》をつけ、オスマン帝国はラグサに戦争をしかけるだろう。そんな事態だけは避けたい。

エミルは大公のところにいたほうが安心だし、安全だ。ティビーと仲良くしてくれるだろう。これ以上、一緒にいたらもっともっと彼を好きになってしまうに違いない。

愛しさが執着となった果てに、彼を喪《うしな》ってしまうようなことがあったら。この国にもしものことがあったら。そう、自分のせいで犠牲にするような事態に陥《おちい》ってしまったら。

そう思っただけで視界が真っ暗になり、夜の砂漠に放り出されたような恐怖に襲われる。それだけで死んだような気持ちになる。

――彼を喪うようなことがあったら。もちろん私も生きてはいないが。

彼がほかの人間のものになることに抵抗がないわけがない。本当は全身が焼けこげそうなほど切ないが、彼には心から愛し、愛される相手を作ってほしい。

――私は国に帰る。確実に処刑される。その前にアイシャと兄に復讐できるかどうかわからないが、そうしたとしても反逆罪で殺される。

そんな人生とは無縁でいてほしい。エミルにはここで幸せになってほしい。

ほんのひとときでも、彼を抱きしめることができて幸せだった。一途《いちず》でひたむきに慕《した》ってくれる相手とぬくもりをわかちあえたことは、自分の人生にとって望外の幸せだったのだ。

そんなことは望んでいなかった。だれかを愛したら「生」に執着することがわかっていたから、だれも愛さないと決めていた。

大公が亡き愛妻《あいさい》と似ているとして、エミルを愛してくれるならそれほどありがたいことはない。そうしてエミルも、自分を愛してくれる相手として大公を愛してくれたら。

エミルは生きる目的ができる。大公は彼を醜いとは思っていない。彼はもう外見でだれかから無駄に傷つけられることはない。

それで一件落着。エミルは幸せになれるのだとしつこいほど自分に言い聞かせ、自己完結しようとしながらも、冷たい泥《どろ》が溜まっていくようにルドヴィクの心は重くなっていく。

――それでいい、それでいいのに。なぜ私はそれがつらくてしかたないのだろう。

そんなルドヴィクの心がわかるのか、みゃおんと切なそうにパムパムが声をあげ、こちらのほおを舐めてくれる。

「いいんだ、私はエミルと駆け落ちなんてしないから」

愛を感じてしまう。それがわかっていたから、言葉のわからないザラに恋人のふりをしてもらって彼を遠ざけようとしたのに……抱いてしまった。

「そう、バカは私だ」

ルドヴィクはエミルの作ったバクラヴァをすべて口に放り込んだ。きっとおいしいのだろう。味がわからなくても、香りと食感だけでおいしいように感じて泣き出しそうだ。すまない、エミル。すごくおいしい、こんなに幸せな食べ物はないよ、大好きだよ、愛している、もう好きで好きで仕方ない、きみがかわいくてかわいくてしかたない、一日中抱いていたい、一日中キスしたい、永遠に離れたくない——と言えない自分を許して欲しい。

「本当に私はバカだ、だがいいかげん手放さないと。この気持ちも彼も」

三日後の月曜、彼を連れて宮殿にいく。それで終わりだ。

そう決意していたのに、事件が起きてしまった————。


「ルドヴィクさま、先に動物園によっていい？」

月曜日の朝、宮殿に行く前、エミルがそう声をかけてきた。

「新しくやってきたハイエナくんたちに、毎朝、あいさつするのが日課なんだ。それからティビーのね、目のための解毒剤《げどくざい》……完成しそうだって先生から連絡があったから。蛇《へび》のいる爬《は》虫類館《ちゅうるいかん》に来てって」

「わかった」

「そのあとハイエナくんにルドヴィクさまのこと、紹介していい？」

「いいけど」

「いざというとき、守ってってたのむんだ。虎くんにも熊さんにもたのんであるんだけど」

「ああ、狼犬にもたのんでくれているのは知ってる」

「みんな、ルドヴィクさまに危ないことがないか調べてぼくに教えてくれてるから」

「ありがとう、おかげで助かっている」

彼がそうしてくれたおかげで、もうルドヴィクのところに陳情者がやってくることがなくなった。どれほど感謝しても足りないくらいだ。

「よかった」

動物園に入ると、ヤーコブの姿はなく、怪しげな男たちが裏口から出ていく姿が見えた。奥にいるブチハイエナたちが「きゃっきゃっ」と人間の笑い声のような声をあげている。エミルの話ではあれは笑い声ではない。「だれかがいる」「危険だ」と伝えているらしい。

「ルドヴィクさま、変だ、どうしてだれもいないの」

毒蛇が展示されている建物に入ったとき、一匹、ガラスのケースから消えていることがわかった。

「ルドヴィクさま、動かないでっ！」

エミルの叫び声。ルドヴィクの頭上から毒蛇が降ってきた。飛びかかってくる毒蛇からのがれようがなかった。

「危ないっ」

エミルが手を伸ばす。その瞬間、グサっと骨が軋《きし》むような音にルドヴィクは血の気《け》がひくのを感じた。勢いよく蛇がエミルの腿《もも》に咬《か》みついてしまったのだ。

「エミルっ！」

エミルが苦痛に顔を歪《ゆが》める。ルドヴィクは手にしていた刀で蛇の首を裂こうとしたが、エミルが止めた。

「待って、だめ、殺さないで……」

エミルはそう言うと、毒蛇を腕に抱き、そこに刺さっていた棘《とげ》のようなものを抜き、「ダメじゃないか、噛んだりしたら」と言ってガラスケースのなかにいれた。

「殺さないで……あの子、針を刺されて、窓から投げこまれたみたいで……驚いて思わず噛んだみたいで」

「わかった、殺さない。だが、きみは」

「ぼく……は……」

エミルが安堵の笑みを見せた。なにかから救われたような、エミルのすがすがしい笑みに、ルドヴィクの胸は抉《えぐ》られそうに痛んだ。

「これで……よかった」

「え……」

「楽しく……生きれたから」

「エミル、だめだっ、エミル、しっかりしろ！」

目の前でがっくりとエミルが倒れる。猛毒の蛇だ。一刻を争う。

ルドヴィクはとっさに腕を伸ばし、彼の身体を抱きあげた。彼の顔から一気に血の気がひき、唇が紫色に変色したかと思うと、体温が失われていくのがわかった。エミルの身体が毒に痙攣《けいれん》している。

「エミルっ、死ぬなっ」


その後、外にいた刺客が捕えられた。ルドヴィクがエミルと一緒に爬虫類館にくるようにわざとヤーコブ医師のふりをして連絡してきたようだ。そして毒蛇に針を刺して怒らせ、ルドヴィクを襲わせようとしたらしい。

危険なので大公とティビーには動物園にこないように連絡したイルハンがそのまま刺客を軍隊に引きわたしたというのは——ずっと後になってから知ったことで、ルドヴィクはそのときエミルを助けること以外、意識からは消えていた。

生きた心地がしていなかった。ルドヴィクはエミルを抱きあげ、ヤーコブ医師に彼を助けてほしいとたのんだ。

「エミルを助けてくれ。たしか開発中の解毒の薬が完成したと。一刻を争う。すぐにそれを投《と》与《よ》してくれ」

「いけません、ティビーさまのための研究用のもので、かぎられた数しかありません。この国では薬の勝手な使用は厳しく禁じられています。無許可使用は、医師でも研究者でも死刑になってしまう法律が定められています」

そんな法律が。大公の許可をとりにいくだけの時間的余裕はない。ルドヴィクは短刀をとりだし、ヤーコブをはがいじめにしてのどに刃をぴったりとくっつけた。

「私に脅《おど》されたことにしろ。使用しないと殺すと脅されたと」

「っ……ルドヴィク皇子、あなたが処刑されますよ」

「わかってる」

「私を殺せば、あなたも同じ方法で殺されるのですよ」

「私のことなどどうだっていい。さあ、早く」

ルドヴィクの気迫に押されたのか、ヤーコブは「わかりました、私だってエミルを助けたい気持ちはありますから」と薬をだしてエミルに投与してくれた。

「エミルは助かるのか」

「まだ実験段階ですが、これを三回飲めば。あとは水分をとらせてください」

「よかった……」

力が抜けたようになったが、ルドヴィクはエミルのそばでずっと彼に水を飲ませ続けた。そうして一昼夜が過ぎたころ、ヤーコブはルドヴィクと交代で病室に入っていった。彼が診察している間、ルドヴィクは大公宛に書状を書き、イルハンに持たせた。

エミルは死線から脱したらしく、ヤーコブは安堵の表情を見せて病室から出てきた。

「これでもう命の危険はないでしょう。しばらく高熱と幻覚に苦しむかもしれませんが。彼がはっきりと意識をとりもどすまで、一時間起きに水と薬湯《やくとう》を飲ませてください」

「わかった、私がその間、彼についている。今、大公には書状を送った。きちんと説明を書いて。薬を無理やり使ったのは私だ、処罰は私にと」

「処罰はないと思いますよ。私から大公に話をすれば」

「え……」

「そうなればあなたも私も罪に問われることはないでしょう。むしろ感謝されますよ」

ヤーコブは改まった口調でルドヴィクに話しかけてきた。

「エミルは、生まれながらにあなたの国の人間ですか?」

「生まれはわからない。外見からだともう少し北の人間のように見える。私が初めて会ったのは七年前、奴隷市《どれいいち》で売られていたときだ。その前は修道院にいたそうだが」

両親もいない、身元は不明、身内もいない。やけどのあとだと言っていたが、それもいつのものなのか、どこかで火事にあったのかもなにもかも知らない。

「そうですか。どういう経緯《けいい》で、あなたの国の修道院にいたのかはわかりませんが、彼は……大公のご長男です」

「え……」

突然の言葉にルドヴィクは耳をうたがった。大公の長男？　毒殺されたと聞いているが。

「見てください、薬の効果で元の肌が現れました」

ヤーコブは病室にルドヴィクを導き、窓のカーテンを開けた。

外の光がさしこみ、寝台に眠るエミルの顔を照らしだす。彼の火傷《やけど》の痕《あと》が消えている。これ以上ないほど美しい青年がそこにいた。火傷があっても美しいと思っていたが、神秘的な妖精が眠っているのかと、ルドヴィクは息をするのも忘れたように見入ってしまった。

「どういうことだ」

「みんな、誤解していましたが、火傷のあとではなく毒のあとだったのです」

「毒の？」

「蛇の毒が元々の毒を消してしまったのでしょう。命に関わるほどの猛毒だったがゆえに、彼の体内の別の毒を消してしまった。おそらくティビーさまの体を蝕《むしば》んだ毒と同じ成分のものだったに違いないです」

「そんなことが」

「ええ、彼の母親の生家《せいか》の印がここに。逃亡中に万が一を考えて公妃が刻んだのでしょう」

彼の肩に双頭の鷲《わし》が刻まれていた。

「母親というのは……あのタペストリーの？」

「はい、白鳥の姫とあだなされていた美しいプラチナブロンドの姫君です。大公の幼なじみで、彼が最初に結婚した女性です。古い巫女《みこ》の家系で、動物の心がわかるという清らかな心の女性でしたが」

彼の話によると、白鳥姫の妊娠がわかったとき、政変《せいへん》が起き、大公は彼女を守るために、国境近くの山の奥にある城に逃した。しかし侍女から徐々に食事に毒を入れられ、衰弱《すいじゃく》していたため、出産して一ヵ月もしないうちに亡くなってしまった。そしてその遺体は赤ん坊ごと森に捨てられ、動物たちの餌《えさ》になってしまった。

「私の親族が出産にたちあいましたが、目を離したすきにそんなことがあったと。そのとき、赤ん坊も動物たちに食べられたとあきらめていましたが……」

「では、エミルは……」

「そのときの赤ん坊です。母親の体内にいるとき、毒のせいで皮膚が変色してしまったのでしょう。ずっと死んだものだと思われていた大公のご長男……彼にまちがいありません」

「……そんな……」

そうだったのか。たしかに、ティビーに似ていると思った。大公は白鳥姫に似ていると言っていた。それもそのはずだ。彼と白鳥姫の子どもならば。

大公にヤーコブが伝えにいくと、彼は正式に公子《こうし》としてエミルを迎えたい旨《むね》を伝えに、そっとエミルを見舞いにやってきた。

「愛人といっても性愛抜きで愛《め》でたいだけだったが、実の息子だったとは」

眠ったままのエミルのもとにきて、大公は愛《いと》しそうに彼のほおに手を伸ばした。

「本当に瓜二《うりふた》つだ、白鳥姫に。神秘的な美しさ、動物の心がわかる不思議な力、ふとしたときの表情……彼女が生まれ変わったように感じていたが、当然だな、我々の息子なのだから」

「では彼を正式に公子に」

「ああ、だが、すべてはエミルの目が覚めてからだ。彼が公子になりたいというのなら公子に。彼がそれを望まないなら、無駄な権力争いに巻きこみたくはない。ただの貴族の青年としてこの国で動物たちと幸せに暮らせるようにしたい」

このひとはとても優《すぐ》れた君主だと思った。骨肉《こつにく》の争いや権力闘争から、愛する相手を守ろうとすることができる人格なのだ。

最初の妻と息子、それから二番目の息子のティビーも毒殺されそうになり、大公は国を平和にしようとずっと尽力《じんりょく》し、ようやくこの国の治安も安定してきたとか。

「エミルをたのみます。ただ彼が回復するまで私に看病をさせていただけないでしょうか。その後、私は迎えにきたオスマン帝国の使者たちと故国《ここく》に帰ります」

「ルドヴィク……しかしきみは……」

「なぜ私に刺客《しかく》が向けられたのか、知っています。あなたが使者たちに断ってくれたからですよね、私が故国に帰らなくてもいいよう、この国で永遠にあずかると」

「そうだ、きみの連行を拒否した。エミルが私のところにくる条件だったからな。だが、結果的にそれが刺客をまねいてしまうことになって」

「ええ、結局、どうあがいてもそれが私の運命なのです。たとえエミルが自分を犠牲《ぎせい》にしようとしても、なにをしても、私がこの世に存在するかぎり」

大公は痛ましそうな眼差《まなざ》しでルドヴィクを見た。

「そしてそのせいでエミルがこんな目に……。エミルは私を狙った刺客にやられました。私はこの先もここにいればこうやって命の危険に晒《さら》されながら生きていくことになり、周りの人間を犠牲にする可能性があります」

淡々と話すルドヴィクの言葉に大公は視線を落とした。

「ですから、戻ります。彼が回復したら、故国に」

「きみは……」

「残念ながら、エミルを愛してしまいました。愛なんて必要ないとずっと自分を戒《いまし》めていたのに。あなたの大切な息子を。彼は私に生きる意味と愛を教えてくれました」

ルドヴィクは眠ったままのエミルを愛しい気持ちで見つめた。

「だからこの国を出て行きます。彼が安全で幸せであることが私の望みです。あなたが父親だとわかって本当によかったです」

「いいのか、それで」

「はい、私は彼が快復したら、勇気を出してエミルを突き放すつもりでいます。彼にはザラと結婚すると伝えます。幸いにも、ザラはイルハンの子を宿《やど》しています。それを私の子と偽《いつわ》ってエミルに紹介すれば彼も納得するでしょう。ですからあとのことを」

イルハンの恋人のザラ。彼女には何度も助けてもらった。

イルハンと無事に結婚できるように手配しようと思っている。イルハンはオスマン帝国の密偵ではあるが、七年以上の間、誠実に仕《つか》えてくれた。ルドヴィクが無駄に命をちらさなくても済むように。その恩にむくいるためにも。

「わかった、必ず息子が幸せになるようできる限りのことをしよう」

大公はそう約束して、病室をあとにした。

「よかったな、エミル。きみは公子だ。ティビーの本当の兄だったんだ。だから早く目を覚ますんだ」

意識を失ったままのエミルに話しかける。だが、彼からは何の返答もない。まだもう少し回復まで時間がかかるらしい。

ルドヴィクは彼のベッドの横に腰を下ろし、その手首をつかんだ。やけどではなく、毒によって皮膚が変色していたのか。今ではもうそのあとが消えて真っ白だ。不思議な気持ちがする。前の皮膚も愛しいし、今の皮膚も愛しい。ルドヴィクはエミルの手のひらにそっと唇を近づけた。体の奥から熱くこみあげてくる愛おしさに胸が甘く疼《うず》く。

「エミル……大好きだ……頼む、もどってきてくれ」

祈るようにそうささやいたとき、彼が目を覚ました。

「ルドヴィクさま……」

こんなに美しい妖精がこの世界にいたのか。そう思うほど綺麗な青年。彼の生は自分の生だと思った。彼が生きているかぎり、私も生きるのだ。

だからもう思い残すことはない。

7　エミル——愛のために

ルドヴィクさまが泣いている。天人花《てんにんか》や柘榴《ざくろ》の花が咲く中庭で血の海に倒れている女性を前に、心で涙を流している。あれは幼い日のルドヴィクさまだ。母親が殺されたときの光景。ずっと彼の心を縛っている哀しみの記憶。あなたはずっとひとりで泣いていたんだね。

——エミル、違う、母親のせいじゃない、泣いているのはきみのせいだ。きみを喪《うしな》いたくなくて、きみがいない世界で生きていたくなくて泣いている。きみの生が私の生なんだ。

やっぱり泣いている。ぼくに死なないでと言って泣いている。

——エミル……大好きだよ。

——エミル、逝《い》かないでくれ。私のそばにいてくれ。

——エミルがいないと生きていけない。

何度も何度も耳のむこうからそんな声が聞こえてくる。返事をしないと。大丈夫だよ、ルドヴィクさま、泣かないで。ぼく、そばにいるから。あなたをひとりにしないから——と。

「エミル……大好きだ……頼む、もどってきてくれ」

その祈るような声。彼に触れたくてまぶたをひらくと、泣きそうな顔で自分を見ている双眸《そうぼう》が目に入った。

「ルドヴィクさま……」

消えそうな声が喉《のど》から出る。どっと胸の奥からこみあがってくる愛《いと》しさにエミルは睫毛《まつげ》を揺らした。彼の眸からぽとりと涙が落ちてくる。何てあたたかい。

「気がついたか」

夢じゃない。助かったのだ。毒蛇《どくへび》の毒から。信じられない。あの蛇の毒の強さはよく知っている。そんな奇跡のようなことがあるなんて。

少しずつ意識が覚醒《かくせい》し、まわりをたしかめると、天蓋《てんがい》付きのベッドで眠っていたことがわかった。ルドヴィクの寝室だった。ターバンもまかず、やつれた顔をしたルドヴィクがホッとしたようにこちらをみている。

「ぼく……死んでないんだね」

「ああ、解毒《げどく》の薬で……そのおかげで……」

ルドヴィクはかすかに視線をずらし、一呼吸おいてからぼそっと呟いた。

「きみは……天使のように綺麗になってしまった」

天使——？　綺麗？　エミルが小首をかしげると、彼は鏡を見せてくれた。

「え……」

そこに映っているのは、やけどのあとが消えた男の子だった。

「これ……」

「ああ、綺麗になったんだ。いや、綺麗にもどったんだ、本来の姿に」

エミルは信じられないものでも見るような目で、鏡に映る自分を見た。天使ではないけど、かわいいと思った。白い肌、プラチナブロンドのサラサラの髪、それから甘い紫色の眸《ひとみ》。

「とってもかわいくて綺麗な子がいるよ。この子が、ぼくなの？」

「そうだ、エミルだ。本当のエミルなんだ」

エミルは驚いたまま自分の顔を見つめた。半分は昔の自分だ。ではこれはぼくなのだ。

「よかったな、綺麗になって」

しばらく夢でも見たのかとエミルはずっと鏡を見つめ続けた。片目を閉じれば鏡の男の子も片目を閉じる。唇の端をあげれば、鏡の彼も口の端をあげる。

「ほんとだ。これ、ぼくだ。同じことをする。ルドヴィクさまは嬉しい？　こっちのぼくのほうが好き？」

「変わりはない。どっちも好きだ。だが、先に好きになったのは前のエミルだ」

「先に？」

「私にはどっちでもいいんだ」

「うん、なら、ぼくもどっちでもいい」

「ああ、だけどやはり嬉しいものだよ。エミルの心と外見とが同じような美しさというのは」

涙があふれてくる。彼がそう思ってくれるのが嬉しくて。

「毒がまだ？　傷が痛いのか？」

半身を起こしたエミルの背に腕をまわし、ルドヴィクが見当違いなことを訊いてくる。

「うん、毒がまだ」

「まだぬけてないのか？」

懸命に嗚咽《おえつ》を殺し、エミルは手で顔をおおったまま、かすれた声で言った。

「蛇の毒じゃなくて……ルドヴィクさまの毒が」

「私が毒を？」

「うん、毒のようにぼくの胸を痛くする……ルドヴィクさまの気持ちは甘い毒なんだ」

「毒？　どうして」

小首を傾げるルドヴィクにエミルはほほえみかけた。あなたの心の声、ずっと聞こえていたよ。エミル、大好きだよ、エミルがいないと生きていけない……って言ってたよね――と口にしたら、ルドヴィクのことだ、そんなことは知らない、きみのかんちがいだとひねくれた言葉をかえすだろう。だから言わない。でももう少しだけ甘い毒に痺《しび》れていてもいいよね。

心で話しかけながらルドヴィクに手を伸ばすと、つつみこむようににぎりしめてくれた。

「あなたをひとりにしたくない、淋しくしたくないからもどってきた、毒よりも強い毒だよ」

ルドヴィクの手がぴくりとふるえ、口からはいつものように強がりな言葉が出てくる。

「私はべつにひとりでも平気だ、淋しくなんて」

「知ってる。淋しいのはぼくなんだ、あなたがひとりでいたらぼくが淋しい。ねえ、だから少しだけ甘えさせて。ぼくがもどってきてよかったって思うなら。でないと淋しくて」

やるせなさそうに細められたルドヴィクの眸はうっすらと濡れていた。

「思わないわけないだろ。いくらでも甘えてくれ。それできみが淋しくないなら」

心の声は聞こえてこないけれど、その声のあたたかさがエミルの心を満たしてくれる。

「すまない、たくさん傷つけた。ひどいことを口にした。なのにいつもいつも私のことを」

「謝らないで。したいことをしているだけだから。あなたにはなにも望んでないから」

なにもしなくていい。でもあなたはぼくにたくさんのものをくれているんだよ。優しさ、あたたかさ、幸せ、愛……。

「では謝らない……代わりに抱きしめたい……エミルを……いいか？」

いいに決まってるじゃないか。言葉の代わりにエミルは彼にもたれかかり、身をゆだねた。

その肩を抱き、愛しそうにルドヴィクがまぶたやこめかみにキスをしてくる。幸せすぎて眸から涙をあふれさせるエミルのほおを手のひらで包み、ルドヴィクが苦しそうに言う。

「エミル、約束してくれ、私のためにもう無茶はしないと。きみの無事が私の幸せだから」

うん、とうなずく。でもね、ルドヴィクさまのためなら、これからもぼくはなんでもするよ。

あなたがどんなに嫌がっても、やっぱりぼくはルドヴィク教の信者だから。そう心でささやきながらエミルはルドヴィクの胸にほおをあずけ、その背に手をまわした。ルドヴィクがさらに強くエミルを抱きしめる。どうして今日はこんなにルドヴィクが素直なのだろう。いつもの彼とくらべると信じられないほどだ。

そのせいかエミルは不安だった。こんなこと一度もなかったから幸せすぎて不安だった。

それから一週間ほど、エミルはまだ起きあがれなかった。それでもルドヴィクがずっとそばにいてくれることに幸せを感じていた。しかしようやく起きあがれるようになったその日、エミルは信じられないことをルドヴィクから告げられた。

「エミル……聞いてくれ。実は……きみの父親と母親がだれかわかったんだ」

ぼくの父親と母親？　考えたこともなかった。唐突にどうしたのだろう。

「父親はこの国の大公オルツィどの。それから母親は彼の亡くなった昔の妻……白鳥姫と呼ばれていた女性だ。そしてティビーはきみの実の弟なんだ。異母弟《いぼてい》だが」

「――――っ！」

うそ。信じられなくて硬直しているエミルに、ルドヴィクは召使を呼び、正装に着替えさせるよう指示した。

「どういうことなの？」

呆然としているエミルに、ルドヴィクはこれまでのことを話してくれた。あのかわいいティビーが弟、そして優しそうな大公様が自分の父親。そんな幸せが現実にあるなんて信じられない。家族がいたなんて……そのことに胸が躍《おど》る。泣きだしたいくらい嬉しい。

「起きあがれることになったし、父親のところに行くんだ。迎えが家の前に来ている。パムパムと一緒に、さあ」

「迎え？　……ぼくはここでルドヴィクさまと暮らしていくんじゃ……」

「それはもうできない。私のわがままで、きみが快復するまで看病させてもらうことにしたが、きみが快復したあと、きみの将来のためにどうするのがいいか……答えは見えている」

「答え？」

「そう、きみは大公の息子だ。これから先、それにふさわしい暮らしをしなければ。異国の人質のところで使用人のように扱われてもいいような立場じゃない」

「いやだ、ぼく、ルドヴィクさまのそばを離れたくない、いやだ」

この前とは別の涙が瞳からあふれてくる。

「それは無理だ」

「ぼくのこと好きだって言ったよ。前も今も好きだって。それなのにどうして」

不安の答えはこれだったのか。あまりにも幸せすぎて、こんな幸せ、絶対におかしいと思っていたけれど。

「きみのことは好きだよ。だが、もっと好きな相手がいる」

「――――っ！」

ルドヴィクがそう言って近くにあったベルを鳴らすと、美しい白いドレスに身を包んだザラが扉の向こうから現れた。

「きみは男性だ。結婚はできない。私はザラと結婚することにした。彼女と結婚し、オスマン帝国にもどる。皇子という身分を捨てて、ただの平民として暮らしたいんだ。彼女もそれを望んでいる。もうすぐ子どもが誕生する」

そのとき、エミルは彼女の腹部を見てハッとした。

「だから大人の遊び場にもよらないで、ぼくと……」

「すまない、そういうことだ。妊娠している彼女を抱くわけにはいかないだろう？」

ザラに子どもができたから、自分を褥《しとね》の相手にしていた。はっきりそう言われ、一瞬で夢から現実にひきもどされた。

「エミルは大公のところに」

ルドヴィクは苦しそうに言った。涙が止まらない。

「エミル、きみはもうこの国の公子だ。だから私とはこれ以上一緒にいられないんだ」

エミルはその腕に触れてみたが、彼の心はいつものように閉ざされたままだったので何の感情も伝わってこなかった。彼はもうエミルに心をひらく気はないようだ。

「信じられない、死体の運搬係をしていたぼくが実は大公様の息子だなんてすごくない？」

ちょっと冗談めかして言ってみたけれど、彼の心はびくともしない。エミルはその腕から手を離した。ルドヴィクはエミルに静かにほほえみかけた。

「さあ、早く支度をして。玄関で待っている」

ルドヴィクがザラとともに病室からでていったあと、物陰にいたパムパムがふわっとエミルの胸に飛び乗ってきた。

抱きしめると、みゃあみゃあと切なそうな声をあげる。そして彼は教えてくれた。ルドヴィクと大公の会話の内容を。

――エミルは私を狙った刺客にやられました。私はこの先もここにいればこうやって命の危険に晒されながら生きていくことになり、周りの人間を犠牲にする可能性があります。

――残念ながら、エミルを愛してしまいました。愛なんて必要ないとずっと自分を戒めていたのに。あなたの大切な息子を。彼は私に生きる意味と愛を教えてくれました。

――だからこの国を出て行きます。彼が安全で幸せであることが私の望みです。

――私は彼が快復したら、勇気を出してエミルを突き放すつもりでいます。彼にはザラと結婚すると伝えます。幸いにも、ザラはイルハンの子を宿しています。それを私の子と偽ってエミルに紹介すれば彼も納得するでしょう。ですからあとのことを。

ルドヴィクの本音。彼はいつも嘘をつく。本当に複雑で不可解で厄介《やっかい》な男だ。

「バカだね、ルドヴィクさま……本当にバカなひとだね」

思わずエミルは笑った。泣きながら、声をあげて笑ってしまった。ルドヴィクさま、残念だね、あいにくぼくにはこんなにもたくさん味方がいて、どんなに嘘をついても、あなたのことをちゃんと教えてくれるんだよ、と言うつもりはないけれど。

泣き笑いしているエミルに、パムパムが真剣な顔で大事な話を伝えてくれた。

『エミル、今、大公のところにオスマン帝国からの使者がきているんだ。ルドヴィクを連れ帰ろうとしている一行だよ。彼らがこの前の毒蛇を使った刺客の黒幕なんだ。ルドヴィクを逃《のが》したり庇《かば》ったりするようならこの国に戦争をしかけるつもりらしいよ』

エミルはぎゅっとパムパムを抱きしめた。なんてかしこい子なのだろう。

「きみは彼を助けて欲しいんだね。ぼくにそれをたのんでいるんだよね」

『そうだよ、パムパムは、ルドヴィクとエミルと一緒にいたいんだよ。ルドヴィクは本当はエミルと駆け落ちしたいんだ。森の奥で動物たちに囲まれ、愛にあふれた平和な暮らしがしたいんだ。でもね、そんなことをしたらこの国に迷惑がかかってしまう。だからできないんだ。彼はこの国も大公さまもティビーさまも大好きだし、なによりエミルを守りたくて』

祈るような彼の声が聞こえてくる。駆け落ち……それができれば。

「彼には無理だよね、駆け落ちなんて。彼はどうしようもないほど不器用で、素直じゃなくて、生きるのが下手なひとだから、自分だけが幸せになるなんてできないんだよね」

長い間、ずっとひとりぼっちだったルドヴィク。愛を知らないまま育ったからこそ、愛の大切さ、愛の尊《とうと》さを彼は知っているのだと思う。決して表には出さないけれど、だれよりも優しくて、だれよりも愛されたいと願っているひとだ。

『エミル、エミルはすごいね、ルドヴィクさまのこと、本当によくわかってるね』

「だって好きだから。ぼくにはルドヴィクさまとパムパムがすべてだから」

そうだ、だから考えよう。大丈夫、みんなで一緒にいられる方法が絶対に見つかるはず。大丈夫、ぼくが絶対に守ってみせる。

「パムパム、決めた、ぼく、大公さまの息子になる。正式な公子になる」

大公の息子になれば、ルドヴィクを守ることも可能だ。こんなに素晴らしいことはない。

「ぼくが守るよ。何としても彼を守る。パムパムも協力してね」

エミルは覚悟を決めると、ルドヴィクが用意してくれた正装を身につけた。やけどのあとのない自分が鏡に映っている。自分ではないみたいだ。これから先、醜いと嫌う人間はいなくなるだろう。でも醜くてよかったと思う。だからルドヴィクに会えた。そしてそんな自分でも愛してくれた彼。この愛を手放したくない、何としても守る。

玄関までいくと、まわりがざわめくのがわかった。こんなに美しかったなんて——という声があちこちから聞こえてくる。迎えの馬車に乗る前に、玄関でエミルはルドヴィクにほほえみかけた。

「ありがとー。拾ってくれて。ありがとーたくさんいいものをくれて」

「エミル……ありがとう」

「ありがとうはいらない、ぼく、自分がしたくてしてるの。手に入れたいものがあるの。だから行くね。正式に公子になるんだ」

エミルはルドヴィクに最後の挨拶の意味を込めて自分からほおに口づけした。

「さよなら、じゃあ、またね」

そう言うとエミルはルドヴィクに背をむけ、迎えの馬車に乗った。

彼を守るために自分にできること。それなら答えはこれしかない。

大公の愛人になると決めたときと同じ。息子になる。そして彼のために力を手に入れる。

彼を守るために自分にしかできないことがある。そう決意してエミルは大公のところにむかった。

8　ルドヴィク——愛されっこのために

ずっと行方不明だった公子《こうし》が見つかった。オスマン帝国の皇子が雪山で助けたらしい。という噂は、その日のうちに一気に広まり、街は祭のような騒ぎに包まれた。

それから三日の間、大公がすべての食事と酒を無料で提供することになり、広場にはサーカスや芸人たちが集まって、街は華やかな空気に包まれた。

あちこちから祝いの歌が聞こえ、心なしかラグサの城塞《じょうさい》をとりかこむアドリア海もいつもより美しいエメラルドグリーンの海原を広げているように見えた。

今夜、ここを出発し、ルドヴィクはオスマン帝国に帰国することになっていた。

――これでもう安心だ。どうか幸せに、エミル。

ルドヴィクはバルコニーに立ち、ぼんやりと海を見つめていた。ウードを演奏する気にもならない。にぎやかな街のなかでたった一箇所《かしょ》だけ、喧騒《けんそう》からへだてられたような一角――ルドヴィクの邸宅は、この三日間のうちにすべての荷物が整理され、庭にあった木々もすべて別の場所に植えられるためにひき抜かれ、今ではがらんどうのなにもない空間になってしまった。

そのせいか、いつものように記憶のなかから母の声が聞こえてこない。復讐、復讐……そう、復讐のために帰国するのだと自分に言い聞かせても、現実感が湧かない。本当に自分は復讐がしたかったのかわからなくなっていた。

「ルドヴィクさま、宮殿に行くお時間ですよ」

イルハンが後ろから声をかける。

最後に大公一家にあいさつに行き、そのままオスマン帝国の兵士たちに囲まれて帰国することになっていた。

三日前、エミルがここを出ていくのと交代のように、父が亡くなったという知らせを持った使者がやってきた。もう引き延ばすことはできない。このまま帰国するしかない。迎えは総勢三十名の兵士たちだ。絶対に逃がさないという兄皇子の意思のあらわれだ。あるいは帰国の途《と》上《じょう》で、不慮《ふりょ》の事故として片づけられてしまう可能性もある。三十人の兵士を前に、たったひとりで対抗することなどできない。

「ルドヴィクさま、枯れ井戸を使えば、城塞の外に出ることも可能です」

「いや、いい。運命を受けいれるつもりだ。その代わり、イルハン、きみはここでザラと幸せに。大事な恋人を私の恋人のようにあつかってすまなかった」

「とんでもない。私こそ、過分なご配慮を受け、どう感謝していいか」

イルハンはそのままラグサにオスマン語を教える教師という形で残ることが決まった。

あくまで密偵としての役割も担《にな》っているのだが、大公はそれを承知の上でザラと彼がここで平和に暮らせるように、いずれ密偵の役目からもとき放たれるように尽力すると約束してくれた。

「ルドヴィク皇子、お待ちしていました」

邸宅の前で待っていたオスマン帝国の兵士三十名に囲まれ、騎馬で宮殿へとむかう。街の人間からは、一見しただけでは皇子とその護衛たちのように見えるだろうけれど、自分はただの囚人《しゅうじん》でしかない。まわりの兵士たちの殺気だった様子や代表をつとめている将軍の冷ややかな目つきからも、おそらくこの城塞を出た瞬間に暗殺しようと考えているのだろう。

――復讐どころか……帰国することもできないのか。

それでも十分な人生だった。エミルと出会えたことで愛を知ることができた。そしてエミルを実の父親とひきあわせることができた。それだけでも自分の「生」の意味があったと改めて実感する。

ルドヴィクが宮殿に行くと、二階にある大広間に案内された。バルコニーに面した広間で、その下には古代の円形闘技場《えんけいとうぎじょう》を模した小さなアリーナがある。エミルはそこを動物園にするつもりなのか、窓の外から虎やハイエナの声が聞こえてきていた。

「これまでお世話になりました。私は国に戻ります」

広間には、ラグサ共和国の貴族が居並び、一段高くなったところに大公とエミルとティビーがいた。

エミルは美しい織物でできた赤紫色の膝丈《ひざたけ》の服を身につけ、生まれながらの貴族の青年のような風情《ふぜい》をただよわせていた。肩まで伸びたさらさらとしたプラチナブロンドの髪が、本当に天使か妖精のように美しく感じられる。あの雪山にいた彼とは別人のようだ。ちょっとした微笑すら見たことのない人間に見える。

もうすっかり違う人間になったんだね。よかった。もうだれもきみを傷つけることはないはずだ。美貌、身分、家族、知識……そうしたものが加わってきみの人生はこれからどんどん輝くだろう。これからは、それらがきみを守ってくれる。きみの「生」は、私の「生」だ。私はおそらく今夜、殺される。でもきみが生きている。それで十分だ。

「ルドヴィク皇子、我が息子たちへの心遣い、感謝している。その礼といってはなんだが、感謝をこめ、新しい皇帝への貢物《みつぎもの》を用意した。それをそなたに託《たく》す。どうかそなたの手で新皇帝に届けてくれ。道中、くれぐれも気をつけて」

大公の心遣いに感謝の念をいだいた。暗殺ができないよう、わざと貢物をとどける役目をルドヴィクに託したのだ。大勢の貴族、それからオスマン帝国の兵士たちのいる前で。

「ありがとうございます。新皇帝に必ず届けられるよう、道中、気をつけるようにします。大公もどうかお元気で。私はこの国でこれ以上ないほど楽しい時間を過ごしました。エミル、ありがとう、ティビー、お兄さんと仲良く」

「ルドヴィク……帰っちゃうの？」

ティビーはグスグスと泣きながらパムパムを抱いている。ティビーはあの解毒剤《げどくざい》を飲んだことで少しずつ健康になっているようだ。目は完全ではないものの、明るい場所ならぼんやりとでも見えるようになっているという。

「パムパム、元気で。ふたりの公子《こうし》さまと仲良く。ありがとう、七年間、幸せだったよ」

ルドヴィクはそっとパムパムの白い毛に手を伸ばした。みゃおんみゃおんと切なそうに声をあげている。やはり人間の言葉がわかるのか。この子にどれだけ癒《いや》されてきたか。この猫のぬくもり、この猫の愛らしさは、エミルと再会するまでのルドヴィクのすべてだった。

「それでは、これで失礼します」

エミル、幸せに。祈りをこめて彼を一瞥《いちべつ》したあと、背をむけたときだった。

「待って、ルドヴィクっ！」

エミルの声が広間に反響する。これまで聞いたことがないような、鋭《するど》く切り裂くような声だった。追いかけてきたエミルがルドヴィクに剣をつき立てた。「死んで」と彼が力をこめた瞬間、床に真紅の血が滴《したた》り落ちる。痛みはない。そういうことか、とルドヴィクがエミルをじっと見ると、彼は頷いた。貴族たちがざわめき、オスマン帝国の使者や兵士たちが騒然《そうぜん》とする。

「貢物を託す？　そんなの許さない。彼はぼくが処刑する。ぼくを陵辱《りょうじょく》し、弄《もてあそ》んだ罪。この男は悪魔だ。国に帰したりするものか。ここで惨殺《ざんさつ》しないと気がすまない」

エミルの気迫に圧《お》されたように、その場にいる者はだれも身動きができない。

「や、やめなさい、エミル！」

大公が止めようと立ちあがる。

「やめないっ、父上がよくてもぼくは耐えられない。オスマン帝国の皆様、彼はぼくが処刑します。ぼくとこの国の名誉のために」

エミルは、ラグサ共和国はオスマン帝国との友好関係と海上貿易の協力を望んでいる、それゆえ、公子に不名誉を与えた人質を処刑する、これは今後に遺恨《いこん》をのこさないために必要な処刑である、でないと自分が自害するしかないと有無《うむ》を言わさない口調と迫力で説明した。

「いいな、ルドヴィク、これは両国の和平のためだ」

その凛《りん》とした姿に胸が熱くなる。いつのまにこんなに。あの死にたがりの儚《はかな》げな少年が。いや、これこそがエミルの本質。ようやく花ひらいたのだ、本来の姿に。そう思うと愛しさと切なさで胸がいっぱいになった。彼がそのつもりならすべてゆだねよう。この愛しい少年に。

「しかたない、処刑したければしろ。命乞いも弁明もしない。きみを陵辱したのは事実だ。人質生活の鬱憤《うっぷん》ばらしとして楽しませてもらった。さあ、そのまま剣で刺せ。心臓はここだ」

ルドヴィクの挑発的な言葉にあおられるように、エミルは「待っていた、このときを。おまえをこの世から消すときを」と吐き捨て、ルドヴィクをバルコニーへと連れていった。そして広間にいる客人たちに笑いながら言った。

「皆さん、ごらんください。これから最高のショーをお見せします。餓《う》えた猛獣を用意しました。この男を彼らに食べさせます。さあ、見物してください」

エミルは笑いながら、ルドヴィクをそのまま突き落とした。きゃーっとそこにいた貴婦人たちの悲鳴が反響する。

勢いよくルドヴィクの体が落下していく。ちょうど茂みになっていたので衝撃はなかったが、その上から三メートルほどの巨体の虎が数頭飛びかかってきた。

そのうちの一頭がルドヴィクの服を咥《くわ》え、ひきずるようにして建物の一角にあった動物用の檻《おり》のなかにむかう。

虎たちはマントや剣を奪ってズタズタに引き裂いたり潰したりしたあと、一気にルドヴィクの上にのしかかってきた。さらに奥から「きゃっきゃっ」と楽しそうな声をあげて十数頭のブチハイエナが現れる。そこにあった餌《えさ》をとりかこみ、虎たちがガリガリと骨を砕《くだ》く音を立てながら肉を裂き、まるごと体を食べていく。ハイエナも群がり、いっせいに残った骨に飛びかかって食べ始めた。

ハイエナたちがわらわらと集まって音を立てて肉や骨を食べている姿を、檻の柵《さく》のむこうにいるオスマン帝国の兵士たちが呆然と見ている。エミルが連れてきたようだ。彼らに気づき、ハイエナたちが「きゃっきゃっ」と口々に言いながら檻の近くに集まり始めた。全員食べてしまおうという気配を感じたのか、兵士たちがあとずさりしていく。

ハイエナのうちの一匹が血まみれの衣類に包まれた腕のようなものを咥え、彼らに見せびらかしている。そのまま兵士たちの前でボリボリと食べ始めたかと思うと、今度は虎たちがターバンに包まれた頭らしきものを前肢《まえあし》で踏み潰し、丸ごと食べ始めた。

「ひっ……地獄だ、頭をそのまま食べてしまったぞ」

三メートルほどの大柄な虎が数頭、それから十数頭のブチハイエナ。ルドヴィクの体だけでは足りないくらいだ。

彼らは一瞬で骨まで食べ尽くし、床にあるのはルドヴィクのマントと剣だけだった。

「何ということだ」

さすがに虎の檻のなかまでは入ってこられないようで、オスマン帝国の兵士たちはじっと肉食獣たちの食事を眺めるしかできない。

「死体もないのか」

「だが、これでもう災《わざわ》いの種は消えた。新皇帝もお喜びになるだろう」

「遊び人という評判だった。公子を陵辱するなど、いずれにしろ死罪はまぬがれないな」

「では、ラグサの和平への意思と貢物は我らが責任を持って新皇帝に届ける。残念だが、ルドヴィク皇子は猛獣に殺され、生き餌《え》として骨まで食い尽くされたと報告しておこう」

　将軍がそう話している声が檻の内側にも響いている。

　彼らが去ったあともハイエナたちはなおも楽しそうに檻のなかをぐるぐるとまわり、ひとしきり遊んだあと、檻のすみで寝始めた。虎たちはとっくにくつろいでいる。

　気がつけば、広間の明かりも消え、宮殿から客人たちが去り、オスマン帝国の軍勢が去っていく騎馬の音が響いていた。

「ご苦労だったね、虎さん、ハイエナさん、協力ありがとう」

　しばらくするとエミルが檻のなかに入ってきた。

「オスマン帝国の兵士たちは全員、城塞の外に出たよ。夜になって城門も閉ざされた。ルドヴィクさま、もう出てきていいよ」

　すると、一番大きな雄が立ちあがった。虎にのしかかられたまま、その腕の隙間から一部始終息を殺してたしかめていたルドヴィクは、エミルの愛の深さと一途《いちず》さに泣きそうになるのをこらえながら、この先の人生すべてを捧《ささ》げよう、彼のために生きようと心で誓った。さっき剣を突きつけてきたとき、エミルは誰にも見えないよう自身の手を傷つけた。滴った血は彼のものだ。その瞬間、彼の真意を悟《さと》った。ルドヴィクを殺すふりをしようとしている、と。

檻のなかにひきずられてきたとき、すでになかにはルドヴィクの衣服に見たてた布やターバンに包まれた骨付きの動物の肉が用意されていた。そこに虎やハイエナたちが向かっていったので、すぐにどういうことなのか理解し、ルドヴィクは虎の下で息を殺し続けたのだ。

「ラグサ共和国の人質だったオスマン帝国の第二皇子ルドヴィクは、これでもう歴史上から名前が消えてしまったよ。あっ、きみたち、ありがとーね、ずっと約束してたもんね、いざというとき、ルドヴィクさまを守ってってって」

エミルは集まってきたハイエナたちを笑顔で撫でた。

「そうだったな、ずっときみは動物たちに私のことをたのんでいたな。で、私をこの世界から消して……どうするつもりだ」

こうなったら、もうルドヴィクは二度と表を歩くことはできない。顔を知られている人間の前には出られない。万が一にでも生存がバレたら大問題になるだろう。

「どうするって……ぼくと駆け落ちするしかないよね」

エミルが今度は虎を撫でながら嫣然《えんぜん》と微笑する。

「駆け落ち？」

「そう、永遠にぼくのものにする」

エミルは迷いもなくそう言った。

「ぼくと一緒に……生きて。あなたはもうそうするしかないんだよ」

「だが、きみは皇子として」

「父上も承知だよ」

エミルは父親との会話を教えてくれた。

「ぼく……言ったんだ。お父さんができたのはうれしい。でもルドヴィクさまと離れて生きるのはつらい。だからルドヴィクさまには死んでもらう。そしてぼくはルドヴィクさまを処刑したあと、出家《しゅっけ》したことにして欲しいって。そのあとは、動物たちと森の奥で静かに暮らさせてくださいって言った」

大公は危険を承知で息子の計画に乗ってくれた。ここに猛獣の檻を用意して、エミルがルドヴィクを突き落としたあと、絶対に疑われないよう、危険だからと使用人たちも近寄らせないようにして。

大公は以前からそう決めていたとおり、エミルを息子としてではなく、ひとりの人間として幸せにしようと考えてくれたのだ。

「本当に……私を虎とハイエナの檻に突き落として、彼らに協力させるなんて……エミル、きみにしかできないことだな」

「うん、だから誰も疑いもしなかったね。いっぱい役に立っててうれしいよ」

無邪気に微笑するエミルの顔は、別人のように美しくはなったものの、昔と変わらない透明感のある無垢《むく》なものだった。ルドヴィクの心をざわつかせ、愛《いと》しさでいっぱいにする笑み。

「オスマン帝国の使者たちも、虎やハイエナがエミルと友達で会話ができるなど夢にも思わなかっただろうな」

「うん、わざわざ別のものを食べていたなんてね。本当にこの子たち、みんな、お利口《りこう》で優しくて助かった。ありがとう、みんな」

エミルはハイエナや虎をもう一度撫でたあと、虎の横に座ったままのルドヴィクの前にいき、抱きついてきた。

「ルドヴィクさま、これからはぼくのために生きて。故郷で死ぬなんて許さない。嘘をついてもぼくには全部わかるんだから。動物たちがみんな教えてくれるんだから」

「動物たち？　まさか」

そのとき、みゃおんみゃおんと甘えるような声をあげてパムパムがルドヴィクの頭の上に飛び乗ってきた。

「まさか、パムパム、きみは」

「うん、パムパム、いっぱいリークしてくれたよ。だって、パムパムはぼくとルドヴィクさまとみんなで暮らしたいんだから。それがパムパムの一番の願いなんだから」

エミルは涙を流しながらルドヴィクの顔にほおをあずけた。

「あなたが雪の山でぼくを助け、ぼくは愛も生も知ったんだよ。だからあなたも知って。愛と生を手にいれてよ。ぼくと生きていくなかで」

ぼくと生きていくなかで——。

死にたがっていた少年が、一緒に生きてと頼んできた。

「それが答えだよ。ぼくが見つけた答え。いつかあなたが教えろと言っていたことの答え。生と死のどちらが楽か、どちらが幸せか。それはね、ただ生きてるだけではだめなんだ。わからないものなんだ。愛すること、愛されること、その幸せがないと、生きている意味が見えないから。ぼくはね、あなたから愛されないと、幸せにもなれないし、楽にもなれない。あなたといる場所でしか無理なんだ」

つまり一緒に生きるか、一緒に死ぬか——それしかないと言っているのか。

「だからね、ぼくに生きろというなら一緒に生きて。一緒にいるところが幸せで、楽園でもあるんだから」

ああ、負けたと思った。どうせ死ぬのなら、このひたむきな愛に殉《じゅん》じたい。この世界から消えたことにして、彼とふたり、いや、彼とパムパムと動物たちと静かに暮らしたい。

その強い意志の力に満ちた言葉。

そうだ、本当はそれがルドヴィクの望みでもある、と、自分もはっきりと認識した。

ふたりで生き残る。生きて生きて生きて、愛しあって生きていく。

それが一番欲しかった現実だ。だれも愛さないのではなく、愛した者と生きていく未来を築いていくこと。

——エミル……きみとともに生きていくために。そう、きみを愛していくために。

その道にむかって生きていくことだけを考えよう。

——母上、私はあなたとの約束を破ります。愛に生きたい。この愛だけが欲しいから。私は私のために生きていきます。

天人花《てんにんか》の甘い花の匂い。血の匂い。赤い血の海、ウードのひびき。故郷の記憶のすべてを捨てて、彼と生きていこう。彼の望むところで、彼のために。

エピローグ——ルドヴィクとエミル

甘い蜂蜜《はちみつ》の香りと薔薇《ばら》の香りに包まれ、ルドヴィクはうっすらと目を覚ました。

「ルドヴィクさま?」

「すまない、起こして。十年前の夢を見ていた」

ルドヴィクは腕のなかにいるエミルの肩を抱き寄せ、愛らしいほおに己の唇をすり寄せた。

「十年前?」

「そう……きみと雪山で出会ってから……虎とハイエナの檻《おり》で愛を誓うまでの」

「ああ、あのときの」

ふわっと微笑するエミルの笑顔が愛《いと》しくてルドヴィクは彼の唇をふさいだ。

「ん……っ……っ」

ついばむように唇を吸うと、エミルが吐息をもらす。その甘い息にたまらなくなり、彼のなかにいるルドヴィクの性器が再び変化してしまう。

「ん……んっ」

エミルがシーツに指を立て、身をよじらせる。その反動でぎゅっと締めつけられ、また彼を抱きたい衝動に襲われる。

明け方彼のなかに射精し、そのまま寝落ちしてしまったのだが、目が覚めたとたん、また欲しくなってしまうとは……。

ルドヴィクのものに体内を圧迫され、エミルの眉間《みけん》に甘苦しさをうったえるようなしわが刻まれていく。

ちょっと苦しそうな、それでいて幸福そうな表情が愛おしくてどうしようもない。

「エミル……」

ぼくと一緒に生きて――――。

彼がそう言ってから十年が過ぎた。

生きたい、彼とともに。だから決断した。すべてを捨てて、ふたりで生きていこうと。

あの日のことを思い出さない日はないが、寝落ちしていたときに当時の夢を生々しいほどはっきりと見てしまったせいか、過去にさかのぼったような気がしてまだ現実にもどれない。

エミルを愛しく想い、自分のために彼を手放そうとして、結局、エミルの一途《いちず》な想いに薙《な》ぎ倒されて駆け落ちした。

出会ったときには、己《おのれ》がここまで囚《とら》われてしまうなど夢にも思わなかった。

ただの小さくて貧相で、無口で、かわいそうなだけの子どもにしか見えなかったのに。

それなのに、その小さな身体のなかに潜《ひそ》んだ芯《しん》の強さに惹《ひ》かれた。

こちらを一心《いっしん》に思う健気《けなげ》なまでのいじらしさに、ルドヴィクは、己のなかで決めた禁を破ることになってしまった。

一生、だれも愛さない。故国《ここく》で母の仇《かたき》を討《う》って自分も死ぬ、そう決めていたのに。

どのくらいむつみ合っていたのか、またうとうとしたあと、鳥が現れ、エミルがなにかを話している声に、ルドヴィクは目を覚ました。

「エミル……大丈夫か」

「うん……」

少し顔を歪《ゆが》めている。起きあがろうとするエミルの肩を抱き、ルドヴィクは自分の胸にひき

よせた。

「すまない、つい暴走して。昔を思い出したせいか」

エミルはふっと目を細めて微笑した。

幸せそうにほほえむエミルがとても愛しい。

「ところで今の小鳥は？」

「教えてくれた。ティビーがこっちにむかっていると。昼過ぎくらいに到着するみたい」

「そうか、遊びにくるのか」

彼のこの不思議な力。綺麗な心の持ち主だけが持つ力は今も失われていない。

「まだ朝早い、到着までの間、もう少し休んでいろ」

腕に力を入れて抱きしめると、彼はルドヴィクの肩にほおをあずけてきた。

そのむこうにはパムパム。ふわりと皮膚に触れる彼の吐息。胸に伝わってくる彼の心音が愛おしい。

とくとく優しく刻まれる心臓の音を感じているだけで、ルドヴィクはエミルが生きているのだと実感して目頭《めがしら》が熱くなる。

そのたび、彼を見つけたときの雪の夜を思い出す。

あの夢の始まり。エミルが埋《う》もれていたときの雪の谷。切ない出会い。

「さて、パムパム、今日は忙しくなるな」

エミルの隣でみゃおんとパムパムが声を上げる。

十年前、ルドヴィクは死んだことになった。それ以来、エミルと動物たちとラグサの国境沿いの森の奥にある小さな家にふたりで住むようになった。

静かで幸せで平和な暮らし。愛だけに包まれ、十年が過ぎた。

今では、エミルとルドヴィクは、羊とヤギを飼い、馬を育てながら暮らしている。ロバやウサギ、リスもいてとても賑《にぎ》やかだ。

羊の毛を売り、育てた馬をラグサ共和国に届けて生計を立てているのだが、ふたりが生きていることは極秘なので、直接は売らず、その間に何人もの商人を介している。

命の恩人の虎とハイエナたちはアフリカの草原に、そして熊は山に返した。今、ここにいる猛獣は狼《おおかみ》たちだけだ。

「本当に……可愛い子だよ、きみは」

エミルの寝顔を見つめ、さらさらとした髪をかきあげ、ルドヴィクはそっと彼のほおにくちづけした。愛しい存在。二人だけでこうして暮らすようになっていろんなものを捨てたが、何の後悔も迷いもない。復讐の気持ちもない。

「ルドヴィクさま……起きないと」

「きみを見ていたら眠くなってきた」

「もうすぐティビーが着くよ、そろそろ準備を」

エミルが今度こそ起きあがろうとするが、ルドヴィクは彼の肩を抱いたまま、自分の胸にひき寄せた。

「いい、どうせ午後からだろ」

「ご飯は？」

「少し……少しだけこのまま眠りたい」

「ルドヴィクさま……」

「一時間、いや、三十分、いや、二十分だけでいい、このままきみと少しだけこうしていたい。だらだらとしていたんだ」

困らせているのを感じながらも、彼から離れたくなくてぎゅっと目を閉じる。

最初はどうしたものかと悩んでいるようだったが、やがてあきらめたのか、エミルがそっとルドヴィクの髪に自分の指を絡《から》めてもたれかかってきた。

「わがままだね。でもいいよ、嘘つきじゃなくなったから」

甘く優しい風が窓から吹いてくる。蜂蜜の香りだ。そろそろティビーが遊びにくる時期だと思ったのか、昨夜遅くまで、エミルは蜂蜜たっぷりのバクラヴァを作っていた。

——私も食べたい、エミルのバクラヴァを。甘くて優しい味の最高においしい菓子。

ここにきてから、エミルはいろんなオスマン帝国の食事をルドヴィクに作ってくれた。レシピをとりよせて、試すように。それでもやはりエミルがいうには、レンズ豆とビーツのスープほどおいしいものはないらしい。

そんなことを考えていると空腹感をおぼえはじめる。

睡魔か、食欲か……はたまた、また彼を抱きたいと思う欲求か。太陽の光が窓から入りこみ、ふたりをまばゆく照らしている。見れば、いつのまにかエミルは笑みを口元にうかべて寝息を立てている。その傍《かたわ》らにはパムパム。彼もぐっすり眠っている。

幸せだ、と思った。こういう時間が永遠に続くようにと願いながら、吸いこまれるようにルドヴィクが睡魔に身をまかせようとしたとき、ティビーが現れた。


いつの間に眠ってしまったのだろう。エミルはうっすらと目を覚ました。

「こんにちは。一人で来ちゃった」

戸口のほうからティビーの声が聞こえてきた。ルドヴィクが応対しているようだ。

「……っ」

エミルがベッドで体を起こすと、隣で眠っていたパムパムが起きてふわっと飛び降り、隣の居間へとむかう。着替えながら、エミルはドアの隙間からのぞいた。

ルドヴィクがティビーにお茶をだす準備をしていた。ティビーはもう十三歳だ。

「目はどうですか？」

お茶を出し、ルドヴィクがティビーに問いかけている。

「うん。まだ遠くがぼんやりするし、戦争にはいけないけど、だいぶ見えるようになったよ。ここに来る分には馬が賢いし、イルハンも一緒だから大丈夫だよ」

昔、エミルを毒蛇《どくへび》から助けた薬。あれのおかげでティビーの目もかなり良くなったようだ。イルハンは、あのあとザラと結婚し、今はラグサ共和国で暮らしている。表向きではあったが、ルドヴィクの暗殺に成功した褒美《ほうび》として、密偵の役目から解き放たれたらしい。

「ティビー、よくきてくれたね」

エミルは着替え終えると居間に行き、戸棚からお菓子を出した。たくさん作っておいたバクラヴァだ。彼がきたときに出そうと思っていた。

「兄上……幸せに暮らしてるんだね?」

「うん」

「ルドヴィクと兄上とパムパムとが暮らす森……ここ、すごく好きだな」

笑顔で言ったあと、ティビーは淋しそうに視線を落とした。

「だけどもうそろそろ来ないほうがいいよね」

「どうして」

「父上もそう言った」

そうか、今日はお別れのつもりで来ているのか。エミルにはそれがわかった。

「多分、もう来られないと思う。だから今日はみんなで食事がしたい」

さよならとは言わないけれど、ティビーはそのつもりなのだ。

「ぼく、昨日の夜遅くまでスープやお菓子を作ってたんだ。しばらく会えなくなってもティビーがぼくたちのこと思い出してくれるようにと」

エミルがお菓子を皿に入れて出すと、ティビーは幸せそうに微笑した。

「ああ、バクラヴァ、大好きなんだ」

「エミルのバクラヴァは最高においしいですからね」

ルドヴィクが呟くと、ティビーとエミルとパムパムは同時に彼を横目で見た。

「まだ怒っているのか」

ルドヴィクの問いかけに、エミルはふっと笑った。

「怒ってないよ。ルドヴィクさまが素直じゃないこと、ちゃんとわかってるから」

「エミル……あのときは」

知っている。幼いときのいろんな経験のせいで味覚がなくなっていたことを。彼は直接はエミルに伝えることはなかったけれど、パムパムが教えてくれた。

「いいよ、あのあと、全部食べてくれたのも知ってるから」

エミルの言葉にティビーがくすくす笑う。

「いいなあ、ふたり、本当に仲良しなんだ」

「うん、愛でいっぱいだよ」

エミルは笑顔で答えた。

「ティビーさま、立派な大公になってくださいね」

ハーブティを出し、ルドヴィクがほほえみかける。

「うん、あなたたちのためにも」

ティビーが笑顔でバクラヴァを食べる。

多分、これが最後だ。ここにくるのは。

彼の心の声が聞こえてきた。

そんな気持ちでティビーがエミルに手を伸ばしてくると、エミルはそのことに気づいているよと伝えるように、瞳に涙を溜め、うなずいた。

パムパムもわかるらしく、ティビーの膝に乗った。もうすっかり老猫《ろうびょう》になってしまったが、まだ元気でいてくれるのがうれしい。

――わかっている。わかっているよ。ルドヴィクが生きていることも、エミルが生きていることも知られてはいけない。ぼくが来てしまうと、ふたりの命を危険に晒《さら》してしまう。だからもう来られない。いや、来ないほうがいいのはわかっている。

そんな彼の心の声がエミルに聞こえてきた。

「いいんだよ、いつでも遊びにきても。ぼく、ずっとずっとお兄さんなんだから」

「ええ、いいんですよ、好きなだけくれば」

「でも」

「そのときはそのときです」

「ううん、ぼくたち、きみが大好きだから」

「うん、でもやっぱり怖いんだ。だから、これがこの世で会える最後かもしれない……といつも思ってる」

それでももしかすると、世界が平和になって、いつでも会いたいときに会えるようになるかもしれないと希望を持ちたい。

そういう君主になりたい。だからさよならは言わない。

大好きな兄上のエミルと、大好きな義理の兄ルドヴィク。

ティビーの優しい心の声がエミルの胸をあたたかくてツンとした痛みでいっぱいにする。

そんなふうに思ってくれる弟がいることがエミルにはとても尊《とうと》く感じられた。

一番大好きなのはルドヴィクとパムパム。その次に好きなのはティビー。それから父上。

「では、またいつか。そろそろ帰るよ」

楽しい食事を終え、ティビーが馬に乗り森の奥に消えていくのを、エミルはパムパムを抱き、ルドヴィクとそっと見送った。

「ねえ、ぼく、本を書こうと思うんだ」

エミルの言葉に、「え……」とルドヴィクが首をかたむける。

「ふたりのこと、本に書くの。どれだけ幸せだったか書きたいんだ。もし次にティビーがここにきたとき、ぼくたちがいなくなっていたとしても、幸せだったよって伝えたいから」

エミルの言葉に「それはいい」と呟き、ルドヴィクがそっとほおにキスをしてきた。

優しくてやわらかな愛しさのこもったキス。

このほおに、昔は火傷《やけど》のようなあとがあった。今はもうない。

ルドヴィクはそこがどれだけ醜《みにく》くても今と同じようにキスをしてくれた。どれだけ綺麗になっても、変わらない。

そんな彼の優しくて美しい魂が好きだ。

そんな彼の美しい生き方をちゃんと残したい。自分の手で書いてみたい。そう思う。

むかし、とても美しい皇子がいました。オスマン帝国の第二皇子です。

そして、醜いアヒルの子どもくんから白鳥になった恋人がいました。

そこにはとても可愛い猫がいました。

そんなむかしがたりを書いて、たくさんのひとにルドヴィクのことを伝えたい。

ぼくの最愛のひとです。

いつかどこかでだれかが同じような御伽話《おとぎばなし》を紡《つむ》ぐだろうか。

愛によって、醜い子どもが幸せになっていくものがたり。

そんなことを考えながら、エミルは自分の肩に腕をまわすルドヴィクの胸に頭をあずけた。

年老いても羽毛のようにふわふわとしているパムパムの背を撫でながら。

あとがき
AFTERWORD

—華藤えれな—

こんにちは。もしくは初めまして。このたびはお手にとって頂き、ありがとうございます。

今回は、実在の国をイメージモデルにしたロマンチックなメルヘンを目指しました。テーマは「みにくいアヒルの子」。時代は中世風。主人公は死にたがりの男の子エミルとひねくれ者の皇子ルドヴィクです。

メルヘンなので猫のパムパムがふたりの恋に協力したり、エミルがパムパムとしゃべったり虎やハイエナや狼《おおかみ》たちとコミュニケーションをとったりしています。昨年、北海道の体験型動物園で虎やハイエナにじかにご飯をあげたのですが、その経験を思い出し、本作のクライマックスで彼らを大活躍させましたのでそのあたりも楽しんでいただけたらうれしいです。むしろ攻のルドヴィクよりもパムパムや虎やハイエナのほうが役に立っているかも……。気になって訊いたら担当さんも同意見で。皆さまはどう思われました？

本作に出てくるラグサ共和国は、クロアチアにある美しい港町ドブロブニクをイメージモデルにしています。オスマン帝国は……名前のとおり、トルコのオスマン帝国がモデルです。エミルが拾われた場所はボスニアの山々。ボスニアからドブロブニクへのコース、私はバスで移動したことがあるのですが、こんなに美しい自然がこの世にあるのかと思うほど素敵な場所でした。ただ日本人には馴染《なじ》みがない地域ですよね。あ、でも最近ネットの配信で見た「ペリーヌ物語」の一話から五話がちょうどこのあたりが舞台で、風景がそのまま同じことにびっくりしました。この作品だけでなくハイジのアルプスの山々もマルコのアルゼンチンも。当時の名作劇場のスタッフの作画へのこだわり、すごいですね。

イラストをお願いしたカワイチハル先生、夢のように美しい二人と愛らしい猫と動物たち、素敵な風景を本当にありがとうございます。カワイ先生の優しくて柔らかなタッチが大好きなので、こうしてご一緒できましてとても幸せです。今後のご活躍も楽しみにしています。

そしていつも大変お世話になっている担当さま、今回も丁寧にアドバイスいただきまして心から感謝しております。本当にありがとうございました。

ここまで読んでくださった皆さまにも心から御礼を。昨年体調を崩してしばらくパソコンに向かえない時期があったので、改めて小説の書き方を勉強しなおしたり、思い切って執筆方法を変えたりしたため、まだ慣れなくて以前よりも書くのが遅くなってしまいました。でもちょっとは成長できたのではないかなと思っています。そのあたりの成果が出ているかどうかは不安ですが、少しでもお心に残るところがありましたら幸いです。何かしら感想などいただけましたら嬉しいです。そしてまた次のお話でもお会いできますように。

この本を読んでのご意見、ご感想などをお寄せください。
華藤えれな先生・カワイチハル先生へのはげましのおたよりもお待ちしております。

〒113-0024　東京都文京区西片2-19-18　新書館
[編集部へのご意見・ご感想] 小説ディアプラス編集部「皇子と仔猫の愛されっこ」係
[先生方へのおたより] 小説ディアプラス編集部気付　○○先生

-初出-
皇子と仔猫の愛されっこ：書き下ろし

[おうじとこねこのあいされっこ]
皇子と仔猫の愛されっこ

著者：**華藤えれな** かとう・えれな

初版発行：2023年4月25日

発行所：株式会社 新書館
[編集] 〒113-0024
東京都文京区西片2-19-18　電話（03）3811-2631
[営業] 〒174-0043
東京都板橋区坂下1-22-14　電話（03）5970-3840
[URL] https://www.shinshokan.co.jp/

印刷・製本：株式会社 光邦

ISBN978-4-403-52572-8 ©Elena KATOH 2023 Printed in Japan